遠山金四郎が奔る

小杉健治

幻冬舎時代小説文庫

遠山金四郎が奔る

目次

第一章　暁の炎

一

天保十二年（一八四一）十一月十日未明。

風が強い。庭で何かが転がる音がして、遠山金四郎《とおやまきんしろう》は目を開けた。障子の外はまだ暗い。半鐘の音に、廊下を走ってくる足音にがばと体を起こした。

廊下に出たとき、廊下を摺《す》り足で走ってくる者がいた。

「お奉行」

「駒之助《こまのすけ》か。火事か」

奉行所の奥まで入ってきたのは直属の部下である内与力相坂《あいさか》駒之助だけである。

「はっ。須田町《すだちょう》方面にございます。今、確かな場所を確かめに行っています。乾《いぬい》（北西）から強風が吹き荒れております」

駒之助が答える。二十六歳の凜々《りり》しい顔つきの男だ。涼しげな目許と微笑《ほほえ》むような口許が他人に安心感を与える。

奉行所内にある火の見櫓《やぐら》で、当番同心が火事を発見し、出火場所を確かめに行っているという。

「大火になりそうだな」

大火になれば、御曲輪内《おくるわうち》に飛び火する恐れもあった。

「支度だ」

金四郎は命じた。

「はっ」

駒之助はあわただしく下がった。

金四郎が部屋に戻ると、妻女が火事場装束を用意してあった。急ぎ着替え、最後に火事場頭巾をかぶって、玄関に向かった。

江戸は冬になると、空気が異常に乾燥し、乾の強風が吹く。ひとたび火事が起こるとあっという間に類焼し、大火事になりやすい。

玄関前の庭には火事場頭巾・火事羽織・野袴《のばかま》の出で立ちの火事場与力や引纏役の

同心らがすでに集まっていた。

引纏役の同心は奉行の出馬時に随行し、奉行の命を受けて動き回る。内与力の駒之助も火事場装束に身を包み、控えている。

内与力というのは、奉行所内の与力ではなく、金四郎が赴任するときに連れて来た家来のうちのひとりだ。

奉行所の与力・同心は奉行所に属しているのであって、奉行の家来ではない。奉行の支配下にあるが、奉行が代われば、与力・同心は新しい奉行の支配を受けるのである。

しかし、奉行は腹心の部下がいないと何かとやりにくい。そこで、奉行は新任のときに自分の家臣だったものを十人連れてきて奉行所勤務をさせることが出来た。これが内与力であり、相坂駒之助は金四郎が連れてきた中でももっとも若く小回りのきく男だった。

強風のため高張提灯《たかはりぢょうちん》に火をつけられずにいるので辺りは暗い。

金四郎は一同を前に言う。

「南町から知らせを待って出立する」

北町奉行遠山左衛門尉景元《さえもんのじょうかげもと》、通称金四郎という。よく引き締まった顔は四十九歳という年齢よりはるかに若々しく、それでいて威厳に満ちていた。

数寄屋橋御門《すきやばしごもん》内にある南町奉行所と呉服橋御門《ごふくばしごもん》内にある北町奉行所とはそれほど離れていない。

大火事の恐れがある場合、奉行が自ら出馬をし、火事場の指揮をとる。火元に駆けつけるのは月番の南町であり、今月非番の北町は後口、すなわち風上で指揮をとる。

先月の十月七日、日本橋《にほんばし》堺町で火事があり、中村《なかむら》座や市村《いちむら》座などを焼いたばかりだった。この火事をきっかけに、芝居小屋取り壊しの意見が出ている。

南町の伝令がやって来たのを駒之助が受け、ただちに金四郎に報告する。

「南町奉行矢部《やべ》駿河守定謙《するがのかみさだのり》さま、すでに数寄屋橋御門前を通過され、火元の神田《かんだ》須田町に向かわれました、北町は三河町《みかわちょう》方面にて警護をとのこと……」

「よし、火元の神田須田町へは南町、我らは三河町方面に向かう」

金四郎が号令をかけると、一斉に「おう」という声が上がった。

金四郎は馬にまたがり、北町奉行所の表門から出立した。騎馬の与力が続き、同心たちは走ってついてくる。

　呉服橋御門を出て、三河町方面に向かう。

　火事のどさくさに紛れて盗みを働く不心得者も多く、その監視もしなければならない。

　前方で紅蓮《ぐれん》の炎が上がっていて、強風に煽《あお》られ、夜空に火の粉が飛んでいく。少し離れた場所から火の手が上がった。飛び火した。

　竜閑橋《りゅうかんばし》に差しかかるとお濠《ほり》のほうを目指してたくさんのひとが逃げ出してくる。大八車に家財道具を積んで逃げる者やひとをかきわけ我先にと逃げる者でごった返していた。

「落ち着け。こっちにはすぐに火は来ぬ」

　金四郎は馬上から叫ぶ。

「遠山さまだ」

　口々に声がかかる。

　同心を逃げまどう人々の整理に当たらせ、金四郎は先を急ぐ。風に煽られた炎は巨大な大蛇のようにくねくねと動いていた。

大きな物音とともに家が焼け崩れる。

馬を止め、

「駒之助」

と、金四郎は叫んだ。

「はっ」

馬を近づける。

「先に火元の様子を見て参れ」

「はっ」

駒之助は供を伴い須田町方面に向かう。金四郎は三河町に向かう。

ますます逃げまどう人々でごった返していた。

「皆の者、落ち着いて行動せよ」

金四郎は叫び、与力や同心たちも注意を呼びかける。

相変わらず風は強く、火の粉が飛んで行く。金四郎は三河町から八辻ヶ原《やつじがはら》のほうに向かった。風上のほうに焼け出された者たちが逃げてきた。

纏《まとい》持ちと梯子《はしご》持ちを先頭に、佐久間町《さくまちょう》、湯島《ゆしま》、旅籠町《はたごちょう》辺りを持ち場としている

「八番組・か組」の火消しが筋違橋《すじかいばし》を渡ってやって来た。

「遠山さま」

組頭半纏《はんてん》の男が声をかけた。「か組」の組頭だ。

「南町が指揮をとっている」

すでに、須田町周辺を持ち場にしている「一番組・よ組」は駆けつけているはずだ。

「応援に行け」

「へい」

人々は道の両端に寄った。空いた場所を火消しの一行が走り抜けた。

駒之助が馬を走らせ戻ってきた。

「『い組』と『は組』も駆けつけ、矢部さまの指揮により、持ち場を決めて消火に努めています」

「ごくろう」

金四郎は声をかける。

消火といっても、火元周辺の建物を壊して延焼を防ぐだけだ。

「一番組・い組」と「一番組・は組」は周辺の地域をそれぞれ持ち場としている。ときとして、火消し同士が消し口を取り合って喧嘩沙汰《けんかざた》になることがあった。

さすが、矢部定謙はうまく指揮をとっているようだ。矢部の命を受け、南町の火事場掛与力が町火消《まちびけし》の組頭と消火の打ち合わせをしたのだろう。

「炎の向きが変わってきました」

駒之助が叫ぶ。

風向きが変わり、三河町に向かって火の粉が飛んできた。

「三河町だ」

熱風を受けながら、金四郎は三河町に戻る。

あとを任せ、金四郎は三河町方面に向かった。

風向きが変われば、小川町《おがわまち》の武家地、曲輪内の大名屋敷に飛び火するかもしれない。この一帯は武家地との境目だ。

かつては、旗本が任命される定火消《じょうびけし》の存在が大きく、火消屋敷から定火消役の与力や同心が臥煙《がえん》と呼ばれる火消役の渡り中間《ちゅうげん》を引き連れてやって来て、武家地と町家が入り組んだ場所では消し口を取り合っての喧嘩になることもあったが、今は町火消の力が大きくなっていて、江戸城の消火も受け持つようになっていた。ただ、町火消は曲輪内に勝手に入れないので町火消人足改《にんそくあらため》与力が指揮をしなければならない。

おやっと、金四郎は手のひらをかざした。冷たいものが当たった。雨かと、空を見上げる。雲が激しい勢いで流れている。

だが、すぐに降り出す気配はなかった。ようやく東の空が白みだしていた。八丁堀《はっちょうぼり》の組屋敷からも定町廻《じょうまちまわ》り同心らが駆けつけて、群衆の誘導だけでなく、火事場の警戒に当たっている。火事騒ぎを利用して不逞《ふてい》の輩《やから》が盗みを働くかもしれない。火事場泥棒にも目を光らせるのだ。

そのとき、蹄《ひづめ》の音がした。白みだした空から浮かび上がったように疾走してきた騎馬があった。

人々は「退《の》け、退《の》け」と怒鳴る声に、あわてて道の端に避《よ》けた。陣笠をかぶった若い侍が巧みに馬を操りながら走ってきた。駒之助の乗った馬が驚いて前脚を上げた。危うく、落馬しそうになった。金四郎の前方を横切って騎馬の侍は炎のほうに向かって走った。逃げてきた人々が集まっている脇《わき》を駆け抜ける。

「乱暴な」

駒之助が憤然と言う。

馬には葵《あおい》の御紋を印した小札がつけられていた。幕府の御馬乗ためしの者だ。

若年寄支配下に召馬預という役職がある。将軍が乗る御馬を飼育、調教する役だが、その配下の馬乗りの武士だ。

火事現場に馬を走らせているという噂《うわさ》だった。将軍御馬が火事で驚くようではいざというときに役に立たない。そのために、あえて火事の現場に馬を走らせ、訓練しているのだ。さすがに、消火をしている火消しの邪魔をするようなことはしないが、火事場には焼け出された人間だけでなく、野次馬もいる。それらの群衆を整理するために奉行所の与力・同心も出ている。

そのような中で、葵の御紋の威光を笠に着ての無茶な訓練を行なっているのだ。

しばらくして、御馬がもどってきた。このままではいつか事故が起きかねない。葵の御紋を前に手出しできないのは江戸の庶民の命と安全を守るためにも捨ておけぬと思ったとき、悲鳴が上がった。

金四郎も目を剝《む》いた。御馬が走ってくる前方で二、三歳の男の子が立ちすくんでいた。母親の手から離れたのか、近くで母親らしき女が絶叫した。もう間に合わないと、金四郎は茫然《ぼうぜん》とした。

御馬は速度を緩めることなく、男の子に向かって行く。もう間に合わないと、金四郎は茫然とした。

だが、奇跡が起きた。着流しの男が突然現れ、男の子に覆い被さって地に伏せた。そこに御馬が走ってきた。

陣笠の若い侍が手綱を引くと御馬が大きく跳んだ。御馬は男の背中をすれすれに跳んで走り去った。

「駒之助、追え」

金四郎は許せぬと思った。

「はっ」

駒之助が御馬を追った。

男が立ち上がり、男の子を起こす。母親らしき女が男の子に駆け寄った。

ようやく夜が明けようとしていた。金四郎は男を見た。細面の二十七、八歳の引き締まった顔つきの男だ。

男は馬上の金四郎に会釈をして、そのまま立ち去ろうとした。

「待て」

金四郎は声をかけた。

だが、男は歩みを止めようとしなかった。

「あの者を引き止めよ」

金四郎は引纏役の同心のひとりに命じた。

「はっ」

供の者が男を追った。男のあとにもう少し若い男がついて行くのに気づいた。

あの男は男の子を助けたばかりではない、御馬も助けたのと同じだ。もし男の子に万が一のことがあれば、御馬をも汚すところだった。

危うかった、と金四郎は胸をなで下ろす一方で、騎馬の侍に憤りを覚えた。

金四郎は馬を下り、母子のそばに行った。

「大事ないか」

「はい。あの男のひとのおかげで」

「男の顔を見たか」

「いえ、子どものことばかりに気をとられ……」

「そうか。ともかく、ここはひとが多い。子どもを早く安全な場所に」

「うちのひととはぐれてしまったんです。うちのひとを探さないと」

母親は焦って言う。

「ご亭主の名は？」

「松吉《まつきち》です。わたしは静《しず》です。多町《たちょう》一丁目で『酒田屋』という瀬戸物屋をやっています」

「そうか。ともかく、そなたたちはここから離れたほうがいい」

「はい」

金四郎は言い、もうひとりの引纏役の同心を呼び、

「安全な場所まで連れていくのだ」

と、命じた。

「はっ」

母子が去ったあと、人助けの男を追った供の者が戻ってきた。

「申し訳ありません。人込みに紛れ、見失いました」

「そうか。仕方ない」

金四郎はため息をつき、

「女は多町一丁目で瀬戸物屋をやっている『酒田屋』の内儀のお静、亭主の松吉とはぐれたらしい。頭に入れておくように」

「はっ」

「よ組」の纏が上がった。火消したちの動きも活発になったようだ。

また、冷たいものが当たった。

「雨だ」

金四郎は思わず空を見上げた。雨雲が張り出していた。夜が明けきっていなかったのではなく、雨雲のせいで暗かったのだ。

やがて、大粒の雨となって降り出した。歓声が上がった。

駒之助が戻ってきた。

「いかがであった?」

「追いつき、抗議したところ、無礼者と鞭《むち》で打ちつけてきましたゆえ、馬から落としてやりました。あまりにも傲岸《ごうがん》でしたので、つい……。申し訳ありません」

雨に打たれながら、駒之助は訴えた。

「葵の紋を笠に着ての狼藉《ろうぜき》に、毅然《きぜん》たる態度をとったまで。謝る必要はない」

「なれど、名前をきかれ名乗りました。あとで意趣返しがあるかもしれません」

「そのときはそのときだ。あの騎馬の侍の名は？」

「浦部喜之助《うらべきのすけ》と名乗りました」

「浦部喜之助か」

　おそらく何か言ってくるであろうと金四郎は微かに眉を寄せた。

　雨を浴びながら、金四郎はだんだん火勢が弱まって行くのを見ていた。まるで火事を鎮火させるために天が与えた恵みのような激しい雨だった。

　雨が降らなければ、日本橋方面から東は小伝馬町《こでんまちょう》、米沢町まで、あるいは御曲輪内にまで火の手は及んだかもしれない。

「駒之助」

　金四郎は駒之助を呼んだ。

「矢部どのに先に引き上げると告げよ」

「はっ」

　駒之助は指揮をとっている南町奉行矢部定謙のところに向かった。

金四郎は雨の中を奉行所に戻った。

二

その夜、金四郎は奉行所の奥にある私宅に戻り、自分の部屋の文机《ふづくえ》に座り、たまっていた訴訟に関わる書類に目を通していた。

先月の月番で受け付けた訴訟などの案件がかなりたまっていた。月番の町奉行は朝四つ（午前十時）の御太鼓の前に登城し、八つ（午後二時）に奉行所に戻る。それから、民事・刑事・訴訟の処理にかかる。

処理しきれない訴訟を非番の月にこなさねばならない。夜に私室で書類を見ることは多い。

金四郎こと左衛門尉景元は寛政五年（一七九三）八月に生まれ、幼名を通之進《みちのしん》といったが、文化六年（一八〇九）、十六歳のときに実父の通称であった金四郎と改めた。文政八年（一八二五）に西丸御小納戸役《おこなんどやく》に召しだされてお役に就き、文政十二年（一八二九）、三十七歳で遠山家の家督を継いだ。

その後、小普請奉行、作事奉行、そして天保九年（一八三八）には勘定奉行にまでなり、去年の天保十一年（一八四〇）三月に北町奉行に就任したのである。

「お奉行」

襖《ふすま》の外で声がした、

「駒之助か、入れ」

書類を閉じ、金四郎は文机から離れた。

「失礼します」

駒之助が入ってきた。

駒之助は金四郎が親しくしていた芝居町の座元藤蔵《とうぞう》の奉公人の子どもだった。剣術道場でたまたま見かけ、その剣の腕前に惚《ほ》れ込んで、ある小普請組の家の養子になり、そこから金四郎の家来になった。剣だけではなく、才知に長《た》けており、金四郎は駒之助に信頼を置いていた。

夜分にも奥の金四郎の部屋まで出入りを許している。

差し向かいになるなり、

「お奉行」

と、緊張した声をだした。

「南町に火元の調べのことを聞いてきました。火元は須田町一丁目の良元《りょうげん》という町医者の家だそうです。厠《かわや》から出火しているようです」

南町の火消人足改が火事の火元や原因を調べているのだ。

「厠？」

金四郎は首を傾《かし》げた。

「はい、奉公人の話では厠に火の気はなかったといいます」

金四郎は濃い眉を寄せ、

「付け火か」

「南町ではそう見ているようです。厠近くに、拳大の石が三つ落ちていて、煙硝の匂いがしたといいます」

「煙硝を石とともに襤褸《ぼろ》で包み、火をつけて投げ入れたか」

金四郎はその光景を頭に描いた。

「はい。そのようです」

大火のわりに犠牲者は少なかった。未明とはいえ、朝早い商売の豆腐屋や棒手振《ぼてふ》りなどがいち早く炎を見て自身番に知らせてきたからであろう。

雨のおかげで、焼けた区域もそれほど広域ではなかった。それでも、何人かは死者が出、怪我人《けがにん》も出ている。

「で、良元は？」

金四郎はきいた。

「焼死しました。未明で寝入っていたのでしょう。奉公人はもう起き出す頃だったので、逃げ出すことが出来たそうです」

「良元は逃げ出せなかったのか」

金四郎は首を傾げた。

「奉公人はなぜ良元を起こさなかったのだ？」

「良元は前の晩、かなり大酒を呑《の》んでいたせいか、奉公人が起こしても起きなかったということです」

「そうか」

なんとなく腑《ふ》に落ちなかった。もしかしたら、奉公人は逃げるのに精一杯で、起こし続ける時間の余裕がなかったのかもしれない。あるいは、奉公人は何としてでも助けようという気持ちが薄かったのではないか。奉公人から嫌われていたのかもしれない、と金四郎は勝手に想像した。

「それから、やはり火事場泥棒の被害があったそうです。それも二件」

「二件?」

「南町定町廻りの百瀬多一郎《ももせたいちろう》どのの話ですが、まずは神田白壁町の『樽屋《たるや》』という酒屋です。ここは幸いに焼けずに済んだのですが、店の者が戻ってみると番頭が斬られて死んでいて三百両盗まれていたということです」

「…………」

「もうひとつは、小柳町の金貸し徳蔵《とくぞう》の家で、ここは焼失しました。焼け跡から徳蔵の焼死体が見つかりましたが、斬られていたことがわかったそうです」

「うむ」

金四郎はため息をつき、

「神田白壁町と小柳町はまさに火の風下。避難する前に押し入られたのか。ふたりとも刀傷だとすると、押込み一味に浪人がいるということだな」

「はい。白壁町の木戸番がふたり組を見ていて、中のひとりが浪人だったそうです。

同心の百瀬どのはその三人組を押込みの賊と見ていました」

「金貸し徳蔵の家から『樽屋』に向かったということになるな」

「金貸し徳蔵の家は全焼したために証文も焼失したそうです。百瀬どのは、金を借りていた者が火事の混乱に乗じて押し入ったのかもしれないと見ているようでした」

駒之助は火事場泥棒への怒りを抑えて言う。

ふと金四郎の脳裏を掠《かす》めた男の顔があった。

御馬から男の子を守った男だ。あの男には見た瞬間、なんとなく違和感を覚えたが、今から思えば、あの男はしっかり着物を着て、角帯をちゃんとしていた。あわてて、着物を着て逃げだしたわけではないようだ。

また、野次馬とも思えない。

だとしたら……。

「あの男を探したい」

金四郎はぽつりと言う。

「あの男ですか」

「子どもを御馬から助けた男だ。あの男がなぜ、あのような場所にいたのか。焼け出された人間のような様子ではなかった。野次馬としても、町木戸が開く前の未明にあの場所にいたのだから遠くからやって来たとは思えぬ」

商人でも職人でもないようだった。引き締まった顔だちから堅気の人間ではなかったのかもしれない。

「盛り場で働いている人間かもしれぬ。遊び人であろうが、子どもを助けたことは素直に讃えねばならぬ」

その言葉に偽りはないが、もうひとつ、その男への疑惑については金四郎は口にしなかった。

「畏《かしこ》まりました」

駒之助が答えて下がろうとしたのを、

「明日、焼け跡を見てみたい」

と、声をかけた。

翌日、金四郎は深編笠に黒の羽二重の着流しという格好で、駒之助とともにお忍びで奉行所を出た。

日本橋を渡り、室町《むろまち》二丁目から須田町方面に向かう。

魚河岸にもかつてのような活気は見られず、大店《おおだな》を出入りする客も少ない。

江戸随一の繁華な場所なのに暗い感じなのは、女の着物や笄《こうがい》、櫛《くし》、簪《かんざし》などの装身具などが地味なものばかりというだけでなく、道行く人の顔が暗いからだ。

この五月二十二日、老中水野越前守忠邦《みずのえちぜんのかみただくに》より奉行所を介して町役人にあるお触れが出された。

享保の改革、寛政の改革からかなり年数が経《た》ち、その趣意を忘れているようであるからもう一度その趣意に違《たが》わぬように諸事万端努めるようにとの内容である。そして、おいおい新たにお触れを出していくということである。

老中の政策は行政を担う町奉行から町年寄を通して下々に伝えられる。当番にあたった町年寄は奉行所からお触れを受け取り、これを名主に渡し、そこから町人や店子《たなこ》に伝達される。

この申し渡しから天保の改革が始まったのである。

天保年間に入り、全国的な飢饉《ききん》に見舞われ、貨幣経済の発達により幕府財政は逼《ひっ》迫《ぱく》してきた。この事態を乗り越えるために改革がはじまった。

まず手始めに、物価高騰の原因である奢侈《しゃし》を禁じるための風俗取り締まりを強化した。

江戸市中に奢侈を禁じ、質素倹約に努めるということを徹底させ、奢侈の取り締まりをするのは江戸の南北町奉行所の仕事である。

いつぞや、華美な身なりをした女が往来で南町の同心に着物をはぎ取られたという騒ぎがあった。

北町の同心から金四郎に上申書が出されたのはこの直後だ。南町の取り締まりはいき過ぎではないかというものだ。

金四郎はさっそく内寄合の席で、南町奉行の矢部定謙と話し合ったのだ。

内寄合とは月に三度、八日、十八日、二十七日に南北の奉行が月番の奉行所で顔を合わせ打ち合わせを行なうものである。

南北の奉行所は対立関係にあるのではなく、お互いに協力しあって仕事を進めていくのだ。

その折り、矢部定謙は同心のいき過ぎを認め、善処を約束した。金四郎と矢部の改革に対する姿勢は同じであった。

だが、金四郎や矢部定謙の気持ちを無視するかのように、水野忠邦はさらなる取り締まりの強化を求めてきたのである。

「お奉行」

駒之助が声をかけた。

「あの煙草《たばこ》売り」

「うむ。おそらく徒目付《かちめつけ》であろう」

御目付の鳥居《とりい》耀蔵《ようぞう》が市中に放って監視させているのだ。

耀蔵は、昌平坂学問所を大学頭《だいがくのかみ》として主宰する林述斎《はやしじゅっさい》の次男で、旗本の鳥居家に養子に入った男である。

金四郎は水野忠邦が矢部定謙の南町奉行職を取り上げようとしていることを思い出し、胸を痛めた。

眼前に焼け野原が見えてきた。ところどころ焼け残っている家があったが、さらに進むときれいに焼けていた。

だが、あちこちで再建がはじまっていた。各家で、焼けた木材を大八車に積んで運び出している。

焼け跡を行き交う人間の中に、子どもを助けた男がいないか、つい眺めていた。

多町一丁目に足を向け、『酒田屋』という瀬戸物屋を探した。

「あそこですね」

駒之助が指を差した先に『酒田屋』の看板が見えた。表長屋の端のほうだ。火元に近い場所だが、被災を免れたようだ。

店番をしているのはあのときの女だ。

「わしが行って驚かせては気の毒だ。亭主は無事だったか、助けてくれた男は見つかったかなどきいてくるのだ」

「わかりました」

「わしはこの辺りで待つ」

金四郎は長屋の入口近くに立った。

しばらくして、駒之助が帰ってきた。

「あのあと、すぐご亭主に会えたそうです。助けてくれた男のことはわからないということです」

「そうであろうな」

「ただ、子どもが紐《ひも》がちぎれた猿の根付を握っていたそうです。助けられたとき、男の子が男に夢中でしがみついて煙草入れか何かについていた根付を摑《つか》んでいたようです。これです」

駒之助は根付を見せた。

鉢巻きをした猿が横笛を吹いている根付だ。猿の目が異様に鋭い。

「これは借りてきたのか」

「はい、お奉行にお見せしようと思って」

「これをしばらく借りて、この根付を売った店を探したい。男を見つける手掛かりになるかもしれない」

「わかりました」

一拍の間があって答え、駒之助は再び『酒田屋』に向かった。

駒之助の間は、なぜそこまでするのかという疑問だろう。金四郎も自分の考えに自信があるわけではなかった。

付け火と結びつける根拠はなにもない。ただ、走ってくる馬の前に飛び出した男の動きに驚きを禁じ得ないのだ。

子どもを助けるためとはいえ、疾走する馬の前になぜ飛び出せたのか。それは単に勇気があるとかいう問題ではなかった。

駒之助が戻ってきた。

「借りてきました」

「これを誰かに調べさせたい」

「定町廻りか臨時廻りの同心に？」

「そうだな」

金四郎は少し考えてから、

「田沢忠兵衛《たざわちゅうべえ》に任せよう」

「隠密《おんみつ》同心の？」

「忠兵衛には市中の状況を調べてもらっている。そのついででやってもらえる」

隠密同心には奉行直々にお役を命じることが出来る。

「お奉行は、あの男が付け火に関わっていると？」

「確たる証《あかし》があるわけではない」

金四郎はそう断って、

「あの男は走ってくる馬の前に飛び出した。勇気があるだけとは思えない。ある程度の高さなら御馬が飛び越える。その判断がとっさに出来たのではないか」

「あの男はただ者ではないと？」

駒之助が驚いたようにきく。

「そうだ。そんな男と付け火はそぐわない。また、近くで押込みがあった。夜明け前に、たまたま火事に遭遇して押込みをしたというのは不自然だ。付け火と押込みが無関係とは思えない」

「その男が何らかの形で絡んでいるかもしれませんね」

「だが、明確な証があるわけではない。南町に知らせるにはまだ根拠が弱い」

付け火については南町の定町廻り同心が探索をはじめ、押込みのほうは火盗改《かとうあらため》も探索をはじめたらしい。

いずれにしろ、脇から、余計な口出しをしないほうがいい。

そういうわけで、押込みに入られた商家を見る必要はないのだが、念のために外からだけでも見ておこうとした。

まず、大通りを横断し、神田白壁町に行く。この辺りは、飛び火して燃えた家もあったが、『樽屋』という酒屋は類焼を免れていた。

次に小柳町に向かった。この一帯は須田町に隣接していて一面焼け野原だ。金貸し徳蔵の家も焼け落ちていた。

「二件の押込みは同じ賊でしょうか」

「同じだ。火の手が上がったあと、押込みはまず金貸し徳蔵の家に押込み、それから神田白壁町に向かったのだ」

金四郎は賊の動きを想像して言う。


その後、周辺を歩き回って北町奉行所に戻った。

すぐ、田沢忠兵衛を奉行の用部屋に呼んだ。

「町はますます暗くなったようだの」

前回、金四郎が忠兵衛とともに町を視察したのは九月二十二日だった。あれからひと月余、さらに町に活気がなくなったような気がする。

「やはり徒目付の監視がきいているようです。同心も、徒目付の目を意識してつい取り締まりを厳しくせざるを得ません」

　御目付の鳥居耀蔵の命令で、徒目付が市中に放たれている。町の状況を調べるためというのは表向きで、実際は奉行所同心の監視なのだ。

　しかし、どんなに水野忠邦が強引な政策を推し進めようとしようが、行政を司る町奉行の協力なくして政策は実現出来ない。

　いき過ぎた取り調べに対して、南北の奉行連名で水野忠邦に上申書を出して抵抗した。

　それに対して、水野忠邦はまず矢部定謙の南町奉行職を取り上げようとしているのだ。

　屈託が胸いっぱいに広がるのを感じながら、金四郎は話題を変えた。

「そなたに調べてもらいたいことがある」

「はっ」

「先日の火事の際、召馬預の浦部喜之助という若い侍が火事場に御馬を走らせ……」

　男の子が危うく御馬に蹴られそうになったのを二十七、八の男が助けたことを話

し、

「助かったあと、男の子が握っていたのがこの根付」

金四郎は猿の根付を見せた。

「小間物屋、あるいは根付を作る職人などを訪ね、この根付の持ち主を探したいのだ」

「わかりました。お預かりいたします」

忠兵衛は根付を受け取った。

「あの男はただ者とは思えないのだ」

そう思ったわけを話し、

「付け火と押込み。これらに何らかの形で関わっているかもしれぬ。仮に、何の関係もなかったとしても、子どもを助けた褒美をとらせたいのだ」

「ご趣旨、心に留めました」

忠兵衛は下がった。

ひとりになって、ふと先日の水野忠邦の言葉が蘇った。

「遠山どの。矢部定謙の取り調べ、お引き受けくださるな」

忠邦は改革に楯突《たてつ》く南北の奉行、すなわち矢部定謙と金四郎を罷免したがっていた。ふたりが手を組めば改革を抑え込むことが出来る。そのことを恐れた忠邦は狙いを矢部定謙に定めた。

そして、矢部を追い詰めるために無理やりに五年前の不正事件を持ち出してきたのだ。

この不正事件に関わる取り調べを、忠邦はあろうことか金四郎にやらせようとしている。

矢部定謙失脚の片棒を金四郎に担がせ、金四郎に対しては逆らうと同じ目に遭うという威しをかける狙いもあろう。

五年前の事件を見つけ出したのは御目付の鳥居耀蔵だ。

五年前の飢饉の折り、与力の仁杉五郎左衛門《ひとすぎごろうざえもん》は市中御救い米取扱掛を務め、御用達《ごようたし》の商人に金を出させて遠国から米を買いつけ、御救い小屋に粥《かゆ》を施した。このときに不正を働いたというものだ。

矢部定謙を追い落とし、自分が奉行の後釜に座ろうとしている鳥居耀蔵に手を貸すことになるとわかりながら、金四郎は別の事件で部下をかばった弱みを耀蔵に握られていたため忠邦の命令に逆らえなかった。

三

その夜、水野忠邦は下城し、西の丸下の老中屋敷の部屋に閉じこもっていた。

文机には、遠山金四郎からの上申書が広げられていた。厳しい顔で上申書を手のひらでばんと叩《たた》いた。

「遠山め」

忠邦は思わず吐き捨てる。

先に、忠邦は芝居の所替えや歌舞伎役者の風俗に関する風聞書《ふうぶんがき》を遠山に下げ、そのことを調べ、意見を上申するように命じた。

風聞書で問いかけている芝居小屋の撤廃について遠山は、芝居小屋は何度も焼けたが、そのまま跡地に再建されており、かつて一度も撤廃という話は出なかった、したがって、撤廃はあり得ないとしている。

芝居小屋の移転について、繁華な地に大がかりな小屋を建てているため、火事の際は大火になるので、青山、四谷辺りの寂しい場所に移転させてはどうかと風聞書に書かれている。

これに対して遠山は芝居小屋も防火の工夫をした建物になっており、移転させる必要はないと、明確に反対をしている、
また、芝居が市中の風俗に悪影響を与えているという点に関しては、辺鄙《へんぴ》な場所に移転させようが、どこにあっても与える影響は同じである。

芝居小屋が繁華な地から辺鄙な地に移転しても、芝居と関わる料理屋などもいっしょに移転し、今度はその地が繁華になる。質素な地だった青山、四谷辺りの地が賑《にぎ》やかになることは、質素倹約を求めるご改革の趣旨に逆らう結果となると遠山は答えている。

芝居小屋のとり潰しを考えている忠邦にとって、このような意見が返ってくることは遠山の言動からある程度予想されたことだが、いざはっきり伝えられると、大いに不快だった。

近々、南町奉行矢部定謙の取り調べがはじまるが、これでは矢部を罷免しても遠山がやっかいだ。

「殿」

襖の外で声がした。

「鳥居さまがお見えになりました」

「通せ」

「はっ」

襖が開いて、鳥居耀蔵が入ってきた。

窓際の文机をちらっと眺め、

「遠山の上申書ですな」

と、表情を変えずに言う。

「うむ」

忠邦は短く返事をする。

「気になさることはありません。遠山が何を言おうが、越前さまは信念に従って突き進めばよろしいでしょう」

痩《や》せた体に鷲《わし》を思わせるような顔つきの耀蔵には得体の知れぬ無気味さがある。

まるで忠邦の心を読んだようにいつも先回りをして言う。

だが、不思議なことに、耀蔵の言葉はいつも忠邦を勇気づける。

忠邦は唐津《からつ》藩城主水野忠光《みずのただあきら》の子として生まれたが、幕閣への栄達を望み、家臣の諫言《かんげん》も聞かず浜松藩への領地替えを果たし、賄賂《わいろ》を贈り続け、ついに老中に上り詰めた男である。四十九歳で、遠山と同い年であった。

「矢部はもう終わる。遠山を罷免出来ないなら、せめて弱みでもあればよいのだが」

忠邦は愚痴をこぼした。

「そう仰《おつしや》ると思い、その弱みを見つけてきました」

「遠山の弱み？」

忠邦は思わず身を乗り出した。

耀蔵はもったいぶったように居住まいを正して口を開いた。

「先日の神田須田町を火元とする火災の折り、召馬預の馬乗りで浦部喜之助という者が騎馬で火事場をかけ抜けた際、北町の内与力相坂駒之助と諍《いさか》いとなったそうな」

「…………」

「相坂駒之助が追いかけてきて、乱暴にも浦部喜之助を御馬から落としたそうにございます」

「なぜ、相坂駒之助は御馬を追ったのだ」

忠邦は膝《ひざ》を進めた。

そんな忠邦の反応を楽しむように、微かに耀蔵は笑みを浮かべた。

「火事場を駆け抜ける馬乗りを日頃から面白く思っていなかったのでありましょう。相坂駒之助が自分の考えで御馬を追いかけたとは考えられません。遠山の命があってのこと」

耀蔵は笑みを消し、

「相坂駒之助は遠山の腹心です。浦部喜之助とのいざこざ、これをうまく使わぬ手はありますまい」

「そうか」

耀蔵の腹の内が読めた。

調教中の御馬と出会ったら、たとえ大名の家来でも葵の御紋印には歯向かうことは出来なかった。ましてや、奉行所の内与力の分際で御馬を追いかけ、騎乗の侍を引きずり落とすなどもっての外だ。

「ご公儀の御馬をないがしろにした罪は決して軽くはありますまい。浦部喜之助を焚《た》きつけ、相坂駒之助を追い込みましょう。相坂駒之助は遠山に泣きつき、遠山が頼るのは越前さま」

耀蔵はにやりとし、

「もちろん、越前さまには上様に吹き込んでいただかねばなりません。いかに、遠山どのの家来が将軍家の御馬の馬乗りに無礼を働いたかを、少し大袈裟《おおげさ》なほどに」

「…………」

偽りを言えというのか、と忠邦は当惑した。

耀蔵はさらに続ける。

「私は浦部喜之助に、相坂駒之助はいつか馬乗りに出会ったら痛めつけてやると言っていたと話します。越前さま」

忠邦の顔色を読んで、耀蔵が強く言う。

「相坂駒之助が浦部喜之助を馬から引きずり落としたのは事実でございます。また、奉行所の人間が馬乗りを日頃から快く思っていなかったことも間違いありません。

遠山に相坂駒之助の嘆願で越前さまに頭をさげさせる好機にございます」

耀蔵はけしかける。

「明日、さっそく上様にお目通りなさいませ」

「上申書のことでお目通り願うつもりでいた」

「では、そのとき、今の話を」

耀蔵は勧める。

「わかった。話してみよう」

「それでよいかと思われます」

ときたま、耀蔵は忠邦を見下したような言い方をする。決して気持ちのいいものではないが、そういう気性なのだということがだんだんわかってきた。

「では、私は」

耀蔵が腰を浮かしかけた。

「待て、もう帰るのか」

「用事も済みましたゆえ」

「まだききたいこともある」

「そうですか」

耀蔵は座り直した。

「市中の様子はどうだ？」

「手ぬるうございます」

「手ぬるい？」

「取り締まりはもっと徹底しなければなりません。徒目付の報告では、最近は同心もよほどのことでもないと取り締まりません。遠山が矢部に呼びかけ、取り締まりの対象となる基準を設けました。それによって、取り締まりが手ぬるくなったのです。禁制のものを扱っていた商家は即潰してしまうほどでなければなりません」

耀蔵が激しく言い、

「私が南町奉行になれば、手加減はいたしません。そのためにも早く、矢部を追い落とさねば……」

「近々、評定所での吟味がはじまる」

忠邦は言う。

今月の七日に、忠邦は矢部定謙が絡む与力不正事件の取り調べを遠山に命じた。

いずれ評定所での吟味がはじまる。矢部の運命もあと僅《わず》かだ。

「私が南町奉行になりますればご改革もいっきに進みましょう」

耀蔵は不敵に笑い、引き上げた。


翌朝、忠邦は将軍の公邸である中奥の手前にある老中御用部屋に出仕した。老中と若年寄の部屋と廊下を隔てて、寺社奉行や大目付、町奉行や勘定奉行が入る中之間がある。

今月月番の南町奉行矢部定謙も控えているはずだった。

「越前さま、上様がお召しにございます」

御側御用取次が伝えに来た。

「ごくろうでござった」

忠邦は御側御用取次に、家慶《いえよし》への御目通りを頼んでいた。

忠邦は立ち上がり、老中御用部屋を出た。

長い廊下を経て、忠邦は御座の間に赴いた。

家慶は上座の間に脇息《きょうそく》にもたれて座っていた。鬢《びん》に白いものが目立つ。家慶は忠邦と同じ寛政五年（一七九三）生まれで、四十九歳である。ちなみに、遠山も寛政五年生まれだったことに、忠邦は因縁めいたものを感じた。

家慶は四年前の天保八年（一八三七）四月に四十五歳で将軍になったが、父である前の第十一代将軍家斉《いえなり》が西丸に隠居したあとも大御所として政を見ていたため、将軍とは名ばかりだった。

ところが、今年初めに、家斉が薨去《こうきょ》し、いよいよ忠邦も密かに待ちかねていた家慶の時代になったのだ。

忠邦は、養女を家慶の側妻《そばめ》に差し出すなどして、早くから家慶の寵愛《ちょうあい》を受けてきた。

忠邦が家慶に進言したのは、家斉の寵臣《ちょうしん》であった若年寄林肥後守《はやしひごのかみ》、御側御用取次水野美濃守《みずのみののかみ》、西丸付御納戸役美濃部筑前守《みのべちくぜんのかみ》の三人を追放することだった。

家斉の奢侈はすさまじかった。側室も多く、子どももたくさんいた。賄賂が横行し、大名たちも華美を競うようになり、それに倣《なら》うかのように町方でも暮らしが贅《ぜい》沢《たく》になり、料理屋、芝居、寄席、娘義太夫、矢場などに多数押しかけ、深川の花街も活況を呈し、風紀は乱れ、世の中全体が狂ったようになっていた。

文化の爛熟期《らんじゆくき》であったが、その裏で徐々に大事なものが蝕《むしば》まれていった。ことに、武士の困窮はますますひどくなっていた。

忠邦は幕府の財政を立て直すためには荒療治が必要だと考えた。家斉がいなくなって、いよいよ自分の出番となり、八代将軍吉宗《よしむね》の享保の改革、松平定信《まつだいらさだのぶ》の寛政の改革をもとに、忠邦は天保の改革に着手したのだ。

「越前、何か」

家慶がようやく口を開いた。

忠邦は頼みごとがある場合は自分から切り出さない。家慶が焦《じ》れて、こっちの話が気になりだしたときにはじめて話を持ち出すのだ。そのほうが、話を聞いてくれることを、長いつきあいの中から悟っていた。

「されば、これをご覧くださりませ」

忠邦は遠山が寄越した上申書を差し出す。小姓が立ち上がって近寄り、上申書を持って家慶のところに戻った。

家慶はさっと目を落としただけで、顔を上げた。

「先の芝居小屋焼失につき転地の件を目付に評議申しつけたところ、諸々風俗の害があり、転地すべきという報告がありました。風聞書にも同じようなことが書かれており、管轄する奉行の意見もきかなくてはならず、さっそく遠山左衛門尉に訊《たず》ねました。その返事がこれでございます」

忠邦は内容を説明する。

「そこには、芝居小屋所替えは風俗のことはさておき、周辺の料理屋などの芝居関係者にも多大な影響が出るなどとし……」

家慶は黙って聞いている。

「いったん、芝居小屋の所替えを決定した以上、このまま突き進まれますようお願い申し上げます」

忠邦は将軍に対して釘《くぎ》を刺した。

忠邦から見ると、家慶は頼りない。ひとの意見に左右されがちだ。前将軍家斉が大御所として力で政を司っていたのも、家慶に頼りなさを感じていたからだろう。

「うむ」

家慶は鷹揚《おうよう》に頷《うなず》く。

「上様、もうひとつ」

忠邦は畳に手をついて言う。

「何か」

「先日、神田須田町にて火事があったときのことでございます。御馬の試し乗りで火事場近くまで行った馬乗りの浦部喜之助を、北町奉行の内与力相坂駒之助なる者がかねてからの感情に突き動かされ、馬で追い掛けてきて引きずり下ろした由」

「御馬がなぜ火事場に？」

「炎を見てもあわてぬように訓練のために火事場近くを走り抜けているようでございます。なれど、けっして消火の妨げになるような振舞いをしているわけではございません」

忠邦はわざと深刻そうな顔をし、

「浦部喜之助の怒りは収まらず、このままでは北町奉行所に斬り込んでいくことも辞さないほどの怒りを見せております。これは葵の紋を無視し、御馬に対する敬いを忘れた北町奉行の内与力相坂駒之助の責任にございます」

「馬乗りの浦部……」

「浦部喜之助でございます」

「うむ、その者は本気で北町奉行所に斬り込むつもりか」

「お預かりしている御馬を守れなかったことに責任を感じており、このままではすまないでありましょう。北町奉行所に斬り込むか、あるいは腹を切るか」

浦部がそこまでするかどうかわからない。だが、鳥居耀蔵が召馬預を焚《た》きつけるはずだ。上役から叱咤《しった》されれば、浦部は面目を保つために過激なことに打って出よう。

「もし、浦部喜之助が腹を切って果てた場合、相坂駒之助にもそれなりの罰を与えねばなりませぬ」

「その前に手を打たねばならぬな」

「御意にございます」

「どうしたらいいのだ」

「元はと言えば、相坂駒之助の罪でございます。相坂駒之助が役を退いて詫《わ》びを入れる。これがもっともよいかもしれません」

「うむ」

「いかがでしょうか」

「そうせい」

家慶はどうでもいいような顔をした、

「はっ」

忠邦は深く頭を下げながらついほくそ笑んでいた。

四

南町定町廻りの百瀬多一郎は手札を与えている繁蔵《しげぞう》といっしょに町医者の松下《まつした》良元の家の焼け跡に来ていた。

助手の男や奉公人たちも焼け跡の片づけをしていた。家を再建し、乗物《のりもの》医者のところに住み込みで助手をしている息子を呼び戻して医者を再開するつもりらしい。

徒《かち》医者ながら治療費は高く、金持ちしか相手にしないという噂だった。小さいながら贅《ぜい》をこらした家だったようだが、一瞬にして灰と化し、あげく自身も焼死した。

火事の夜、良元の家には妻女と女中がふたり、助手の男がふたり、そして下男がいた。

良元だけが逃げ遅れたのは、寝間が火元に近かったことと、前夜に大酒を食らって酔いつぶれていたからだろう。妻女や奉公人が避難する際、誰も良元に思いを向ける者がいなかったのも、その人徳のなさの表れだったようだ。

不思議なことに、良元が死んで嘆き悲しむ人間はいなかった。

「旦那《だんな》、助手の安次郎《やすじろう》を呼んできました」

繁蔵が声をかけた。

多一郎が振り向くと、二十五、六の四角い顔の男が近寄ってきた。

「ごくろう」

多一郎は声をかける。

「確かめたいことがあるのだ」

「はい」

「火が出たときのことだが、まだ眠っている時間だったな」

「はい」

「何度もきかれていると思うが、もう一度聞かせてもらいたい」

多一郎は続ける。

「火が出たのをどうしてわかった？」

出火は夜明け前だ。まだ、寝ている時間だ。それなのに、火元の家にいた者が良元以外、皆助かった。多一郎はそこに引っかかった。

「女中のおしんさんのおかげです。おしんさんが火事だと騒いでくれたのです」

「おしんがひとりだけ火の手に気づいたというのだな」

このことはすでに聞いていたことだ。

「はい」

「なぜ、おしんは気づいたのだろうな」

多一郎はきく。

「厠の帰りに火の手に気づいたということですが」

「厠か……」

多一郎は呟《つぶや》き、

「それで皆に知らせたのだな。だが、良元だけ目を覚まさなかったというわけか」

と、確かめる。

「前夜、かなりお酒を呑んでいたので、ぐっすり寝入っていたようです」

「良元はいつもそんな呑むのか」

「あの夜は格別のようでした」

　安次郎は答える。

「何かあったのか」

「さあ」

「機嫌は？」

「かなり機嫌はよかったと思います」

「機嫌よかった？」

「はい」

「ひとりで呑んでいたのか」

「いえ」

「妻女とか」

「違います。おしんさんです」

「女中を相手に呑んでいたのか」

　多一郎は驚いてきく。

「そうです」

「いつもか」

「はい」

「なぜ、おしんを相手に呑むのだ？」

「それが……」

安次郎は言いにくそうに、

「先生はおしんさんを気に入ってましたので」

と、口にした。

「気に入っていた？」

「はい」

「よく、自分の部屋に引き入れていました」

「良元には妻女がいるではないか」

「でも……」

「妻女とはうまくいっていなかったのか」

「仲良かったとは思えません」

「火の手が上がったのをいち早く見つけたのはおしんだったな」

もう一度、そのことを口にしたのは、やはり良元だけが逃げきれなかったことが引っかかっているからだ。

「おしんはどこだ?」

多一郎は焼け跡で捜し物をしている女たちに目をやった。

安次郎はその中のひとりを指さした。

「そうか」

多一郎は頷き、

「ところで、おまえは良元のところに来てどのくらいだ?」

と、話を変えた。

「三年です」

「良元に恨みを持っている人間に心当たりはないか」

「いえ」

答えまで一拍の間があった。

「どんなことでもいい。気になる人間がいたら話すのだ」

「特には……」

安次郎の歯切れが悪い。

「おい、俺の目を見て言え」

多一郎は語気を荒らげた。

「何か隠しているようなら自身番に連れていき問い質《ただ》す」

「何も隠してはいません」

安次郎はあわてて答える。

「あとで、隠していたことがわかったらただじゃすまない。おまえをしょっぴくネタならいくらでも探せる。おい、繁蔵」

多一郎は繁蔵に、

「こいつのことをすべて調べ上げろ。患者からの治療費をくすねていないか。夜はどこに遊びに行って、どんな女に入れ揚げているか……」

安次郎の顔が青ざめていった。

「お待ちください」

安次郎はあえぐように言った。

「なんだ」

「じつは……」

まだ言いよどむ。

「話す気があるのか、ないのか」

「お話しします」

安次郎は迷っていたが、やっと踏ん切りをつけたようだった。

「ひと月ほど前、母親が胸を押さえて苦しがっているので診てくれと、二十一、二歳の男が駆け込んできたのです。でも、先生は往診を断りました」

「貧乏人だからか」

「はい。男は町内の裏長屋に住む棒手振りの若者でした。先生は身形を見て、断ったんです」

安次郎は良元を非難するように、

「たまたまそこに、隣町の商家の手代が、隠居が熱を出したので診てもらいたいと駆け込んできたのです。先生はすぐ出かけていきました」

「………」

「翌日、その若い男がやって来て、母親が死んだと告げました。きのうすぐ診てくれたら、助かったかもしれないと、大声で騒いだのです。先生に頼まれ、私たちが男を追い返しました」

安次郎は辛《つら》そうな顔をした。

「男の名はわかるか」

「太郎兵衛店《たろべえだな》の基吉《もときち》と名乗ってました」

「基吉の人相は？」

「細面で、色は浅黒かったです」

多一郎は特徴を頭に入れて、

「なぜ、このことを今まで隠していたんだ？」

と、問い質す。

「それが……」

また、安次郎は言いよどむ。

「まだ、ぐずぐずするのか」

多一郎は一喝する。

「言います」

安次郎は深く息を吸い込み、

「口止めされてました」

と、吐き出す息とともに言った。

「口止めだと？　誰に？」

「火盗改の与力です」

安次郎は口にしてからまた大きく息を吐いた。

「火盗改だと……」

火事の火元を調べていたとき、目つきの鋭い侍がやって来た。火盗改与力の富坂《とみさか》鍬太郎《くわたろう》だった。

多一郎は金貸し徳蔵の家の押込みを先に探索した。付け火と押込みの賊は仲間であろう。

たまたま火事に出くわした不逞の輩が押込みを企てることも考えられなくはないが、あんな夜明け前にうろついていた者がいたとは考えづらい。

押込みの一味の中に、徳蔵から金を借りていた人間がいたはずだ。そこから探索をはじめたのだが、徳蔵の家はすっかり焼け、客の証文も焼失していた。

通いの番頭に客を思いだしてもらい、何人か名を挙げさせたが、本人たちは一様に金を借りていることを否定した。

徳蔵が直《じか》に金を貸した客のことは番頭はあまり覚えておらず、探索は難航した。

そこで、付け火のほうから迫ってみようとしたのだ。

しかし、すでに火盗改が先回りをしていた。

「火盗改が基吉に会ったかどうかわかるか」

「いえ。あれからまだ私のところに火盗改は現れませんから」

「基吉の長屋も焼けているはずだな」

「はい」

基吉も焼け出され、どこかに身を寄せているのだろうが、火盗改は基吉の行方をまだ捜し出せないでいるのかもしれない。

「よし、ごくろうだった」

「はい」

安次郎が後片付けの作業に戻った。

「旦那、火盗改は基吉を疑っているんでしょうか」

「安次郎に口止めしたのは、手柄を独り占めするためだ。だが、まだ捕まえていない。捕まえたら、我らに話がくるはずだからな」

「じゃあ、こっちが先に見つけましょう」

「待て」

多一郎は繁蔵を制して、

「おしんから話を聞く。呼んでこい」

「へい」

繁蔵は後片付けをしている女のところに向かった。

しばらくして、ふたりでこっちにやって来た。

「おしんか」

「はい」

おしんは色白でふくよかな顔だちだった。が、いくぶん顔が強張《こわば》っているようだ。

やはり後ろめたいことがあるのではないか。そのことを追及するように、

「確かめたいことがある」

と、わざと鋭く言う。

「はい」

おしんは怯《おび》えたように頷く。

「そなたが最初に火の手に気づいたのだな」

多一郎が切り出す。

「はい」

「なぜ、気づいたのだ？」

「厠に行きました。その帰りに庭のほうが赤くなっていて……」

おしんの声は震えを帯びていた。

「それで皆に知らせたそうだが、なぜ良元を起こさなかったのだ？」

「最初に声をかけました。起きる気配だったので、すぐ他のひとに知らせに行ったのです。私はてっきり旦那さんも逃げたものとばかり思っていました」

「なぜ、逃げたのを確かめなかった？」

「他のひとも起こさなければと焦っていたのです」

「なるほど」

多一郎は頷いてから、

「前の晩、良元はそなたを相手に酒を呑んでいたようだな」

「はい」

「だいぶ呑んだようだ。どうして、良元はそんなに呑んだんだ？」

「わかりません」

「そなたと良元の関わりは？」

「関わりだなんて……」

「いつも酒の相手をさせられていたのではないのか」

「…………」

「どうなんだ？」

「はい」

「良元はそなたに手を出していたのか」

「いえ、まだそこまでは……」

おしんは俯《うつむ》いた。

「おしん」

多一郎は鋭く言う。

「はい」

おしんはぴくっとした。

「良元が機嫌よかったというが、そなたを自分のものに出来ると思って上機嫌だったのではないか」

「……………」

「おしん、これはなぜ良元だけが逃げられなかったのかを探る重要な質問だ。ありていに答えよ」

「はい」

おしんは頷き、ようやく顔を上げた。

「おかみさんが同じ屋根の下にいるというのに、旦那さまは私を自分の部屋に呼びつけて、今夜こそ俺のものになるのだ、と」

おしんは俯きながら、

「あの夜はもう逃れられなくなったので、仕方なく承知をしました。旦那さまは上機嫌になって酒を呑みはじめました。私が酌をするまま、ぐいぐいと呑んで……」

「そなたが酊をしたのはよい潰そうとしたためだな」

「はい」

おしんは小さく頷く。

「で、どうした？」

「お酒を呑んだあとで寝間に誘われました。でも、ふとんに入ったあと、旦那さまは鼾《いびき》をかきはじめたのです。それで、私は自分の部屋に戻りました。でも、私はなかなか寝つけず、眠ったと思ったらすぐ目を覚ますの繰り返しでした。何度目かに目を覚まし、厠に行った帰りに火の手が上がったのを……」

おしんは身震いをした。

「そのとき、ほんとうに良元を起こしたのか」

「起こしました。さっきも申しましたように、起きる気配だったので安心して、他のひとに……」

「良元が焼け死んだのは泥酔していたためか」

「あとから思えば、そんなに呑んだのかと……」

「わざと良元には教えなかったのではないか」

「そんなことありません」

「しかし、良元が死ねば言い寄られることもなくなる。とっさにそういう考えが芽生えたのではないか」

「違います」

「おしん、そなたに好きな男はいるか」

「えっ？　いえ、そんなひと、いません」

おしんはあわてて答える。

「ほんとうか」

「ほんとうです。だって、私は女中です。勝手に外に出られません」

おしんはむきになって言う。

「まあ、よい。そのことは付け火とは関わりない話だ、行っていい」

「はい」

おしんは一礼してから去って行った。

「やはり、おしんは動揺していたな」

多一郎は口元を歪《ゆが》めた。

「じゃあ、良元だけを起こさなかったとお考えですか」

「おそらくな。だが、おしんが起こしたと言い張る以上、それを信じるしかあるまい。これはおしんの心の問題だ。それに、本筋ではない」

多一郎はそれ以上追及はしないと言い、

「それより、基吉だ」

「へい」

多一郎は基吉が住んでいた太郎兵衛店に向かった。

もちろん太郎兵衛店は焼けて、長屋の住人は片付けをしていた。

後片付けの指揮をとっていた大家に繁蔵が声をかける。

「ちょっといいかえ」

「はい」

大家は白髪の目立つ、温和な感じの男だ。

「基吉という男が住んでいたな？」

「はい」

大家は頷く。

「今、どこにいるかわからねえか」

「いえ、わかりません。とうに引っ越しましたから」

「引っ越した？　火事の前にか」

「はい。母親が亡くなってほどなく引っ越していきました」

「行先も告げずにか」

多一郎が口をはさむ。

「はい。どこに行くんだときいても、深川のほうと言うだけでした。ただ、母親の知り合いが深川にいると聞いたことがあります。その知り合いを頼ったのかもしれません」

「基吉はもう立派なおとなだ。なぜ、母親が死んだからといって、誰かに頼ろうとしたのだ？」

「母親を亡くしてかなり落ち込んでいましたから」

「いつから、長屋に住んでいたのだ？」

「十二年ほど前からです」

「基吉はどんな人間だった？」

「それは親孝行の働き者でした。朝早くから日が暮れるまで、野菜を売って歩いていました」

「基吉と親しい人間は？」

「長屋の誰ともよく話してはいましたが、特に親しい人間がいたかどうかはわかりません。あまり、自分のことをべらべら喋《しゃべ》るような男ではなかったので」

「そうか。ところで、母親の容体が悪くなったとき、医者の良元のところに駆け込んで、往診を断られたそうだな」

「はい。あの医者は金の亡者でしたからね。行っても無駄だと言ったんですが……」

「母親はそのあとに亡くなったのか」

「はい」

「それまで医者には診せていなかったのか」

「はい、具合が悪いと言っていたようですが、まさかこんなに早く亡くなるとは思ってもいませんでした」

「往診を断られたことで、基吉は良元を恨んでいたのか」

「百瀬さま。やはり、基吉に付け火の疑いがかかっているのですか」

「いや。そうではない。ただ、良元と多少なりとも関わった者を調べているのだ。基吉もその中のひとりだというだけだ」

「そうですか」

「火盗改がやって来たのだな」

「はい。参りました。やはり、基吉のことをきいていました。基吉は付け火をするような人間ではないと申したのですが……」

大家は不安そうな顔をした。

「その後、火盗改はやって来たか」

「一度だけ、やって来ました。この長屋に引っ越して来る前は、母子はどこに住んでいたか聞いていないかときかれました」

「で、何と答えたのだ？」

「池之端仲町《いけのはたなかちよう》にいたと聞いたことがあるので、そのことを申しました」

「池之端仲町？」

「はい、詳しい場所はわかりませんが……、母親は若いころは不忍池《しのばずのいけ》の辺《ほとり》にある料理屋の女中をしながら基吉を育てたそうです」

「料理屋の名はわからないか」

「わかりません」

「そうか。わかった」

大家と別れて、

「旦那、基吉を捜しましょう」

と、繁蔵が意気込んだ。

「大家から聞いた話で動いても、火盗改の後追いをするだけだ。もっと、何か他の手掛かりを探すのだ。基吉は棒手振りをしていたんだ。天秤棒《てんびんぼう》を借りている親方や野菜の仕入れ先とか、そっちから捜すのだ」

「なるほど。さっそくそこを調べてみます」

繁蔵は頷きながら言った。

「だが」

と、多一郎は口元を歪めた。

「果たして、基吉が付け火をしたのだろうか。親孝行だった男が母親を見捨てた良元に対して恨みを持ったとしても付け火という手立てで復讐《ふくしゅう》をするだろうか。基吉は親孝行で、やさしい男だからな」

「そうですね」

「ともかく、調べるだけは調べるが、やはり本筋は金貸し徳蔵から金を借りていた人間だ。そこから付け火の賊に迫る。火盗改に先を越されてなるものか」

多一郎は火盗改への敵意を剝き出しにして言った。

五

十一月十三日、非番ながら、金四郎は呉服橋御門内の奉行所から駕籠《かご》で登城した。いつもの登城のように、大手御門を入って下乗橋《げじょうばし》で駕籠から下り、侍ふたりと草履取ひとり、そして挟箱《はさみばこ》持ひとりを連れて徒で三の御門をくぐった。

甲賀百人組の番所の前を過ぎ、中の御門を経て、本丸大玄関への最後の門、中《ちゅう》雀門《じゃくもん》に出る。近くに御書院番頭の詰所がある。

中雀門をくぐって千鳥破風《ちどりはふ》の屋根の大玄関に行き、玄関の式台を上がる。

二間半の廊下を奥に向かった。将軍の公邸である中奥の手前に老中御用部屋がある。

老中と若年寄の部屋と廊下を隔てて中之間があり、ここに寺社奉行や大目付、町奉行や勘定奉行が入る。

中之間に今月月番の南町奉行矢部定謙の顔があった。金四郎は方々に挨拶《あいさつ》をしながら矢部のそばに腰を下ろした、

「遠山どの。きょうは？」

矢部の顔に不安が過ったのは、与力不正事件の件があるからだろう。

今月七日に、金四郎は水野忠邦より、矢部の組与力・同心不正の取り計らいについて調べるように申し渡された。

さらに、その二日後、金四郎は召しだされ、人払いにて将軍家慶と会った。与力不正事件について十分に調べるようにと言われた。なぜ、将軍自ら金四郎にそのようなことを念押ししたのか。

そもそも五年前の不正事件になぜ、将軍まで関心をよせるのか。すべて忠邦の差し金に違いないと思った。

金四郎はじつは八日に月番である南町奉行での内寄合の席で会った際に、矢部定謙に五年前の不正事件の調べを命じられたと告げていた。

その刹那《せつな》、矢部の顔色が変わったのは、鳥居耀蔵が自分の追い落としを図ってのことだと察したからだろう。

そういうことがあったので、矢部はきょう金四郎が家慶に召されたわけが気になったに違いない。

「おそらく、先日差し出した芝居小屋の所替えに関する上申書の件だと思われます」

金四郎は小声で答える。

そして、目顔で、例の件は心配なきようにと伝えた。

半刻（一時間）後、御側御用取次が金四郎を呼びに来た。

金四郎は御座の間に赴き、二十畳もある上座の間の中央に鎮座した家慶に拝謁した。下段の間も二十畳以上あり、そこの真ん中に座った金四郎からもだいぶ離れている。

「左衛門尉、近《ちこ》う」

まるで彼方から声がかかるようだ。

「はっ」

金四郎は身をよじるようにして心持ち膝を進め平伏する。

「もっと近う」

「はっ」

また、同じように、金四郎は身をよじるようにして心持ち膝を進めた。

「もっとだ」

「もったいのうございます」

「では、あと体三つぶん、前に出よ」

家慶は声をかけた。

金四郎は少しにじり寄った。

「面《おもて》を上げよ」

「はっ」

ちらっと将軍の座に目をやったが、まだ家慶の姿は遠くにある。

それでも、家慶の鬢に白いものが見えるが、顔の肌艶《はだつや》はよいことがわかった。だが、少し屈託がありそうに眉の辺りが曇っているようだ。

　その心労のわけが金四郎と水野忠邦にあるように思える。

「人払いしてある。思うことはかくすことなく話すように」

「はっ」

　金四郎は平身低頭する。

「左衛門尉、そのほうが差し出した芝居所替えの上申書について訊ねたい」

「はっ」

「そのほうは芝居所替えに反対のようだな」

「恐れ入ります」

「芝居所替えはそもそも歌舞伎役者が華美に走り、それを町の衆が真似《まね》るなど、市中風俗に害をなすという理由があるからではないのか」

「芝居の風俗の影響は確かにございます。なれど、芝居場がどんな辺鄙な場所に移ろうが、影響は同じでございます。確かに、今の役者は高給を得、身形も派手になり、芝居小屋の往復に駕籠を使うなど暮らしそのものが華美になり、それに伴い、世間の風俗も華美になっていったことは否定出来ませぬ。従いまして、役者の給金や華美すぎる衣装など、奉行所としても厳しく取り締まって行く所存でございます」

「なれど、それで風俗に影響ないと言えるのか」

「確かに、まったく影響がなくなるというわけにはいきません。なれど、芝居所替えの一番の問題は、町を衰頽《すいたい》させることでございます」

「衰頽とな?」

「はい。衰頽でございます」

金四郎は低頭し、

「芝居小屋の周辺には芝居に関わる料理屋、土産物屋、食べ物屋など多くの商売がございます。芝居小屋が移転すれば、そういった商売の者たちがたちまち立ち行かなくなっていきます。芝居に関わらぬ人々も芝居小屋があるおかげで人出があり、商売を続けることが出来たのであります。芝居所替えは町の衰頽を招くことは必定でありましょう」

「なるほど。しかし、火事はどうだ? 芝居小屋は繁華な地にあり、大きな建物のために火事の際には大火になりやすい。これを防ぐためにも芝居の所替えは必要だという言い分があるが、これについてはいかに？」

「されば、芝居小屋を燃えにくい造りにし、また防火の工夫もしております。確かに、たびたび芝居町で火事が起きていますが、格別芝居町だけが火事が多いというわけではございません」

金四郎は熱く語った。

家慶は金四郎の弁明を心地よさそうに聞いていた。

今年の八月十八日、家慶上覧のもと、『公事上聴《くじじょうちょう》』が行なわれた。家慶はその際の金四郎の裁きに感心し、それがあって金四郎は家慶の覚えがめでたいのだ。

『公事上聴』とは、寺社・町・勘定の三奉行の裁判を将軍が上覧するというものである。江戸城吹上《ふきあげ》の座敷で、上の座敷に寺社奉行四名、町奉行二名、公事方勘定奉行二名が列座し、公事の当事者を白洲《しらす》に座らせて行なわれる。

そのとき金四郎が扱った事件は養子縁組の揉《も》めごとと盲人の弟子入りのもつれであった。後日、家慶から次のようなお褒めの言葉を賜った。

今般吹上において公事上聴の節、吟味の儀際立ち利害の赴き行き届き候、兼々吟味物など巧者に取り捌《さば》き候由、聞こし召し及ばれ候処、今般の振る舞い格別の儀、奉行たるべき者、左もこれ在るべき事にて候。

家慶はもともと金四郎の評判を知っていたようだ。、実際に見て、その取り調べの鮮やかさに心打たれたようで、奉行の模範であると褒めてくれたのだ。

それがあるから、家慶は金四郎の芝居所替えの弁明を聞き入れてくれたのだ。

これで芝居小屋の所替えが阻止出来たと、金四郎は満ち足りた思いで御座の間から退出しようとしたとき、

「左衛門尉」

と、家慶が思いだしたように呼び止めた。

「はっ」

平伏して顔を上げたとき、金四郎はおやっと思った。家慶の顔は最前のように浮かない顔になっていた。

微かな不安が胸を掠めた。

家慶が切り出すまで待った。なかなか切り出さない。金四郎は平身して家慶が口

を開くのを待った。

「先般……」

やがて、家慶が口にした。

「召馬預の馬乗りとそのほうの家来がいざこざを起こしたそうだな」

「はっ」

金四郎ははっとした。このようなことが家慶の耳に入っていたとは思わなかった。

さては徒目付があの火事現場にいたのか。

徒目付から御目付の鳥居耀蔵へ、それから水野忠邦へ伝えられたのだと想像した。

「恐れながら、上様には越前守さまから？」

「そうだ」

「どのようにお聞き及びでございましょうか」

「神田須田町にて火事があった際、御馬の試し乗りで火事場近くまで行った馬乗りの浦部喜之助を、北町奉行の内与力相坂駒之助なる者が馬で追い掛けてきて引きずり下ろした由。相坂駒之助は火事場近くを走り抜ける馬乗りをかねてより不快に思っていたそうではないか。葵の紋を無視し、御馬に対する敬いを忘れた相坂駒之助の罪は重い」

家慶は語気を強めた。

「恐れながら、申し上げます。御馬の試し乗りは火事場近くまで走ってきます。これはときにより消火の妨げになり、また混乱している火事場では極めて危険な振舞いでございます。事実、当日、浦部喜之助騎乗の御馬が往来にうずくまった子どもを踏みつけていきかねない状況になりました。幸い、子どもを助ける者がいて子どもも御馬も無事ですみましたが、ひとつ間違えれば、たいへんなことになっておりました。それで相坂駒之助が馬乗りを追い掛けたのです」

「わかった。もう、よい」

家慶は渋い顔で金四郎の言葉を制した。

「上様」

「左衛門尉、ごくろうであった」

「はっ」

家慶は下がれと言っているのだ。

金四郎はすっきりしない気持ちで退出した。

金四郎は下城し、たまっている書類に目を通していく。

だが、家慶の屈託がありそうな表情が気がかりだった。忠邦と金四郎の間に入って苦しんでいるのではないか。

「お奉行」

駒之助が声をかけた。

「何かございましたか」

「うむ？」

「お気色が優れないように思えますが」

「上様のことを考えていた」

「上様のことですか」

駒之助は意外そうにきいた。

「召馬預の馬乗り浦部喜之助との件で、越前どのが上様にあることないことを言上したようだ」

金四郎は家慶の言葉をそのまま伝えた。

「上様は何と？」

「わしの弁明を聞いたあと、話を打ち切られた」

「…………」

「おそらく、ご賢明な上様のことだ。越前どのとわしとの確執に気づいて気を重くされたのであろう」

家慶の浮かない顔を思いだして、金四郎は言う。

「申し訳ございません、まさか、このようなことになろうとは……」

「そなたが謝る必要はない。非は浦部喜之助にあるのだ。ただ、鳥居どのがいろいろ画策しているようだ。そのうち、何か動きがあるかもしれぬ。考えようによっては、召馬預の馬乗りの横暴さをたしなめるいい機会かもしれぬな。駒之助、気に病むではない、よいな。わしの顔色が優れなかったのは、上様のお気持ちを察してのことだ」

「はっ」

駒之助は低頭して下がった。

金四郎は忠邦を陰から支えている鳥居耀蔵のなりふり構わぬやり口に嫌悪を覚え

た。が、この鳥居が矢部を追い落として南町奉行になろうとしている。
鳥居耀蔵の存在がますます大きくなっていくのを感じ取っていた。

第二章　付け火犯

一

十一月十六日。陽は弱く、北風も冷たく寒さも一段と厳しくなった。ご改革の中、江戸市中の様子も冷え冷えとしている。

金四郎《きんしろう》は深編笠に黒の羽二重の着流し姿で、隠密《おんみつ》同心の田沢忠兵衛《たざわちゅうべえ》とともにお忍びで市中に出た。忠兵衛は一文字の菅笠に裁《た》っ着《つ》け袴《ばかま》という出で立ちである。

日本橋《にほんばし》を渡り、本石町《ほんこくちょう》から神田鍛冶町《かんだかじちょう》に差しかかると、前方に焼け跡が広がっている。前回来たときはあちこちで焚《た》き出しも行なわれて長い列が出来ていたが、火事から六日経《た》ち、各所で普請がはじまっている。忙しく立ち働く大工や鳶《とび》の者が目につく。

「たくましいものだ」

金四郎は感心して言う。困ったときには皆があのように助け合う。こういう江戸の町、そしてそこに住む人々を守るのが俺の役目だと、金四郎は改めて自分に言い聞かせ、同時に付け火という卑怯《ひきよう》な真似《まね》をする輩《やから》を憎んだ。

神田須田町《かんだすだちよう》を過ぎ、八辻ヶ原《やつじがはら》を突っ切って筋違御門《すじかいごもん》をくぐる。筋違橋を渡ってくる男の顔を思わず盗み見る。

あのときの男と偶然に会うという僥倖《ぎようこう》は期待していないが、二十七、八歳前後の男を見かけると、金四郎は思わず顔を見てしまう。

根付を売った店を忠兵衛は見つけだした。下谷《したや》広小路にある小間物問屋の『まるみ屋』だ。

忠兵衛の話では、あの根付は角《つの》細工師の治助《じすけ》が遊びで作ったもので、数多くは出ていないそうだ。五つ売ったが、客は皆顔なじみで、探している男ではなかった。

そこで治助に直《じか》に当たったたが、気難しい男で、何も答えてくれなかった。そこで、金四郎が直々に説き伏せることになったのだ。

神田同朋町《どうぼうちよう》の裏長屋に入って行く。一番奥の家の腰高障子に象牙《ぞうげ》の絵が描かれていた。角細工師の治助の家だ。

「ここです」

忠兵衛は言い、腰高障子に手をかけた。

「ごめん」

声をかけて、戸を開ける。

部屋で、男が背中を丸め、細工台に顔を伏せて何かを彫っていた。ふたりが土間に入っても顔を上げようとしない。

気づかないようだ。忠兵衛が声をかけようとするのを、金四郎は制した。根を詰めているのだ。

しばらくそこに佇《たたず》んだ。だが、いっこうに手を休める気配もない。それでも、金四郎はじっと待った。

「話すことはねえ」

いきなり、治助が小刀を使いながら言った。

「私のことに気づいていたのか」

忠兵衛が驚いてきく。

「目の端に入った」

「治助」

金四郎は声をかける。

「なんですね」

治助は顔を上げる。

四十を超えているだろう、髪も薄くなっている。

「この根付だ。そなたが作ったものに相違ないな」

金四郎は根付を示す。

「さあ」

「さあだと。よく見るのだ」

忠兵衛が語勢を強めた。

「自分がどんなものを作ったかなど、覚えちゃいませんよ。なにしろ、片手間で作るようなものですからね」

「片手間で、このような細工物が出来るとはたいしたものだ」

金四郎は讃えた。

「片手間と言っても、やっつけ仕事じゃありませんぜ」

「であろうな。この細工物だけでも十分に価値がある」

「お世辞言ったって、だめですぜ」

「だめとは何がだ?」

「これを誰に渡したか教えろって言うんでしょう。あっしは覚えちゃいません」

「そうか、残念だ。十日未明の内神田での火事のとき、疾走する馬の前方に子どもがいた。危うく蹴られそうなところを助けに入った男がいた。男はそのまま立ち去ったが、子どもがこの根付を握りしめていたのだ。我が身の危険を顧みず、子どもを助けた勇気を讃えたいのだが、男の名前がわからぬ。それで、この根付を頼りに探しているところだ」

「…………」

「邪魔したな」

「お奉行、いいんですか」

踵《きびす》を返した金四郎に、忠兵衛が声をかける。

「他の手立てを考えよう」

「お待ちください」

治助の口調が変わった。

「ひょっとして、北町奉行の遠山《とおやま》さまで」

「そうだ」

忠兵衛が答える。

あわてて、治助は居住まいを正し、

「まさか遠山さまがこのようなところにおいでになるとは思わず、失礼しました」

と、恐縮して言う。

「いや、よい」

金四郎は治助の顔を見て言う。

「遠山さま、じつは……」

治助が口を開きかけたのを、

「待て」

と、金四郎は制した。

「おそらく、この根付を持っていた男は讃えられるのがいやなのであろう。その気持ちはわかる」

「……………」

「治助、気にするな。これからもよい仕事をするのだ」

「遠山さま」

治助が茫然《ぼうぜん》と見送っていた。

長屋の木戸を出てから、

「治助は根付の男を知っている。おそらく忠兵衛が訪ねたあと、治助はその男に話したはずだ。その男は治助に黙っていてくれと頼んだと思われる。治助はその男との信義を貫こうとしたのだ」

「でも、さっき治助は男の名を口にするように思えましたが？」

「口にしただろう。だが、それは子どもを助けたという立派な行ないだと思っているからだ。だが、男が言わないでくれと頼んだのは、別な事情からだ。そのことを知らずに教えたら、あとで治助は寝覚めが悪くなるかもしれない」

「そうですね。そうなると、男の身元は？」

「治助は好意から男に名乗り出るように言いに行くはずだ。だから、治助のあとをつけるのだ」

金四郎は確信している。治助は男との信義を守って口を閉ざした。だが、今度は男のためを思って、男を説き伏せようとするはずだ。

「わかりました。でも、不忍池《しのばずのいけ》のほうには？」

「わしひとりでいい」

「ですが……」

「心配いらぬ。それより、根付の男だ」

「はっ」

忠兵衛はすぐ辺りを見回し、長屋木戸を見通せる場所を探した。

「では、私はあの八百屋の脇《わき》から見張っています」

「頼んだ」

金四郎は忠兵衛と別れ、神田同朋町から湯島天神下を経て池之端仲町《いけのはたなかちょう》を突っ切る。

水面《みなも》が凍りついたような冬枯れの不忍池に出た。

金四郎は池の辺《ほとり》に沿って西手に向かう。池のかなたにある寛永寺《かんえいじ》の五重の塔が寒寒とした姿を見せていた。

　やがて、廃屋が散見する寂れた場所にやって来た。宝暦元年（一七五一）ごろから、この付近は茶屋や楊弓場《ようきゆうば》などが軒を連ね、文政二年（一八一九）にはさらに池の辺を埋め立て、料理屋が出来るなど繁栄を極めた場所だった。

　だが、この八月、風紀を乱すとしてすべて撤去ということになった。

　今、ここに立ってみて、かつての繁栄の面影を残した残骸《ざんがい》を眺めると、金四郎も微《かす》かに胸が疼《うず》く。

　果たして、ここまで徹底的に取り潰すべきだったのか。

　確かに、この辺りは料理屋か女郎屋かわからない店が多く、紊乱《びんらん》し、売笑ややくざ者が横行し、喧嘩沙汰《けんかざた》はざらだった。

　特に、見過ごせなかったのはこの盛り場の入口に見張りを置き、町方の人間を監視していたことだ。

　そのため罪を犯した者の隠れ場所のようになっていた。ここに逃げ込めば、町方は手を出せない。脛《すね》に疵《きず》を持つ者はたくさんここに移り住んだ。

　この一帯を取り仕切っていたのは赤間の仁蔵《じんぞう》という男だった。

　赤間の仁蔵は『赤間』という料理屋の主人で、若い女をたくさん集めて料理屋の客と遊ばせていた。その傍ら、この一帯で商売をしている他の料理屋や楊弓場などに用心棒代や場所代を払わせていた。

この男の存在はここを奉行所の支配の及ばぬところに仕立てたのだ。

そういう場所を取り潰すことは大義が十分にあり、金四郎もこの界隈《かいわい》の取り潰しの命令には逆らえなかったのだ。

撤去の知らせは事前に告げていたが、当然、赤間の仁蔵は反発した。体を張って阻止すると言い切った。

この地に住む男衆は命知らずの剛の者ばかりで、中には手配書のお尋ね者も交じっていた。

撤去当日はそういう者たちが中心となって激しく抵抗することが予想され、南北の奉行所は手を組んで万全の態勢を以て臨むことになった。

だが、撤去は何ら混乱なく行なわれた。赤間の仁蔵が直前になって譲歩をし、撤去に応じたのだ。

赤間の仁蔵が住んでいるのは『赤間』の離れだったところだ。料理屋の建物はまだそのまま残っている。

金四郎は門を入り、庭を通って離れに向かった。

戸口に立ち、編笠をとってから、

「頼もう」

と、声をかけながら戸を開ける。

「誰かおらぬか」

「はい」

声がして、女が出て来た。大年増だが、十分に色香が残っている。

「仁蔵に会いたい」

「その声は遠山さまでは」

障子の向こうから声がした。

「仁蔵か」

「はい」

「どうぞ、お入りください」

女が障子を開けた。

「では」

金四郎は腰のものを外し、右手に持ち替えて部屋に上がった。

ふとんに寝ていた仁蔵を、女が起こした。

女が羽織らせたどてらに手を通しながら、

「こんな姿で申し訳ありません」

仁蔵のいかつい顔に幾筋もの深い皺《しわ》があり、頬《ほお》もややこけたようだ。

「寝込んだと聞いて心配した。だが、顔色はいいので安心した」

「ここがなくなってから急に体が衰えましたようで。来年は還暦ですから、がたがきてもおかしくありません」

「そうか。還暦か。だが、まだまだ老け込むのは早い」

「そうですが、あっしにはもうやることもありませんので」

「そのようなことを言うな。この地を何事もなく撤去出来たのはそなたのおかげなのだ」

この地のいかがわしい商売屋を撤去するに当たり、大きな騒動になりかねなかったのを仁蔵の英断が防いだのだ。

「そなたがこの地に住む者たちを説き伏せてくれたこと、決して忘れはせぬ。それだけではなく、そなたは仕事を失う者たちに自分の財産をすべて分け与えたそうではないか。そなたの男気にこの遠山は感服している」

　金四郎は礼を言い、仁蔵を讃えた。

「もったいないお言葉。ですが、さんざん悪いことをして貯《た》めた金でございます。あまり褒められたものではございません」

「いや。なかなか出来ることではない」

「とんでもない……」

「だが、そのために生きる気力を失い、病気につながったのだとしたら、わしの胸も痛むのだ」

「遠山さま」

　仁蔵は眉根を寄せた顔を向け、

「あっしは遠山さまに褒められるような人間じゃありません。皆を説き伏せ、財産を分け与えたのは決して男気なんてものじゃないんです。じつは、今年の五月ごろから体調を崩しがちになりました。もう八月には気力もなくなっていたんです。だから、自分の都合で動いただけなんです」

「いや。そんな状況にありながら、皆を説き伏せたのだ。相当に強い気持ちがなければ出来るものではない。また、体調を崩したとなれば、余計に金を使いたくないはずだ。それをあえてしたのだ。これが男気でなくてなんであろうか」

「遠山さま」

仁蔵は嗚咽《おえつ》を漏らした。

「そのお言葉。何よりの冥土《めいど》の土産になりました」

「何を言うか。まだまだだ」

「はい」

「あまり長居をしては体に障ろう。ゆっくり養生をして、早く元気になるのだ」

「ありがとうございます」

金四郎は立ち上がり、土間に下りた。

見送りに来た女に、

「これで滋養のあるものを食べさせてやってくれ」

と、金四郎は財布から金を出した。

「まあ、こんなに」

女は目を見開いた。

深々と腰を折る女に見送られて、金四郎は外に出た。

日暮れてきたが、辺りは早くも闇に溶け込みそうになっていた。かつては、軒行《のきあん》灯《どん》や提灯《ちょうちん》などの明かりが艶《なまめ》かしく輝いてきたのに、今は暗いままだ。

しばらく池の辺を歩いて、茅町《かやちょう》にある寺の裏手に差しかかった。前方に三人の男がたむろしていた。そこに向かうと、いっせいに、男たちが行く手に立ちふさがった。遊び人ふうの男だ。皆、手拭《てぬぐ》いで頬被《ほおかぶ》りをしていた。

「何用か」

金四郎がきいた。

「お侍さん、何か金目のものでも頂戴《ちょうだい》出来ませんかえ」

図体《ずうたい》の大きな男が懐手で言う。

「追剝《おいはぎ》か」

「物貰いでさ。金を恵んでもらいたいだけでさ」

「声からして若いようだな」

金四郎が言うと、男は癇癪《かんしゃく》を起こしたように、

「やい。こっちが下手に出ているうちにさっさと出しやがれ」

と、怒鳴った。

他のふたりが金四郎の背後にまわった。それぞれ手にこん棒を握っていた。

「そなたたちは……」

金四郎が声をかけようとしたとき、背後からこん棒が襲ってきた。金四郎は身を翻してこん棒を避《よ》け、さらに襲い掛かってきたのを横っ飛びに逃れた。

「そなたも若いな。皆、十代か」

「うるせえ」

もうひとりの男がこん棒を振り回して迫った。金四郎は相手が空振りをして体勢を崩したところを踏み込んで、相手の脛を蹴りあげた。

悲鳴を上げて男は片足飛びのあとうずくまった。

「怪我《けが》をしたい者はかかってこい」

金四郎はあえて刀の鯉口《こいぐち》を切り、柄《つか》に手をかけた。男たちは怖《お》じ気《け》づいて、後退《あとずさ》った。

図体の大きな男が匕首《あいくち》を握っていた。だが、匕首を構える勇気はないようだった。

踵を返して逃げようとするのを、

「動くな」

と、金四郎は強い声を発した。

「動けば斬る」

図体の大きな男は立ちすくんだ。他のふたりもその男を残しては逃げられないようだった。

「被りものをとるのだ」

三人は渋々手拭いをとった。やはり、どこか幼さが残っていた。

「名は？」

「…………」

「名乗れぬのか。では、住まいはどこだ？」

そのとき、足音が近付いてきた。

巻羽織に着流しの八丁堀《はっちょうぼり》の同心と岡っ引きだった。

「おい、どうしたんだ？」

同心が声をかけると、図体の大きな男がいきなり、

「旦那《だんな》、助けてくれ。追剝だ」

と、泣きついた。すると、他のふたりもいっしょになって、金を出せと言われたと、訴える。

金四郎が呆《あき》れたのは、同心がそれを鵜呑《うの》みにしたことだ。

「ちょっと深編笠をとってもらえませんか」

「それより、その三人が逃げぬように見張るのだ」

金四郎は注意をする。

「ご懸念には及びませんぜ」

同心は鼻で笑い、

「お見かけしたところ、上物のお召し物のようですが？」

と、迫った。

「追剝はこの三人だ。確かめてみよ」

「とんでもねえ。あっしたちはただ池を見に来たんだ。そしたら、このお侍が刀の柄に手をかけて、金を出さないと斬ると脅したんだ」

図体の大きな男が言うと、他のふたりも、

「そうですぜ、この侍は追剝だ」

と、騒ぐ。

「ここじゃ満足に話も出来ません。自身番までご同道願いますかえ」

「いいだろう。だが、その三人もいっしょだ」

「もちろんです」

それから、近くの自身番の前まで行った。

「もうその笠、はずしてもらえませぬか」

「その前に、三人を逃げられぬようにせよ」

「指図は受けぬ。さっさと笠をとるのだ」

同心は怒鳴った。

「やむを得まい」

金四郎は顎紐《あごひも》を解《ほど》き、笠を外した。

同心が目を剝いた。信じられぬものを見たように顔色が変わった。

「遠山さま」

いきなり、後退って頭を下げた。

「旦那。遠山さまって北町の……」

岡っ引きが狼狽《ろうばい》した。

「そうだ。お奉行さまだ」

「げっ」

図体の大きな男が奇妙な悲鳴を上げた。次の瞬間、岡っ引きの手下を突き飛ばし駆けだした。他のふたりも逃げた。

「繁蔵《しげぞう》、追え」

同心は岡っ引きに命じた。

「知らぬこととはいえ、まことに御無礼を」

「そなたの名は?」

「定町廻《じょうまちまわ》り同心の百瀬《ももせ》多《た》一郎《いちろう》でございます」

「百瀬多一郎か」

確か、駒之助から聞いた名だった。付け火の探索をしている同心だ。

「なぜ、あの場所に駆けつけたのだ?」

「はい。付け火の探索で、茅町に住む男に聞き込みに来た帰り、不忍池の辺でひとが争っていると寺の参拝客から訴えがあり、駆けつけました」

「もし、わしではなく浪人だったら、あの若者たちの口車に乗ったまま気づかなかったのではないか。少なくとも、疑いが晴れるまでかなり時間がかかったであろう」

「いえ、決してそのようなことは……」

岡っ引きと手下がすごすごと戻って来た。

「すみません。逃げられました」

岡っ引きが頭を下げた。

「遠山さま。必ず、あの者を捕まえます」

同心の百瀬多一郎が真顔で言う。

「図体の大きな男は懐に匕首を呑《の》んでいた。他のふたりはこん棒を振り回した。かなり危険な連中だ。新たな犠牲者を出さないためにも、あの者たちにこれ以上、罪を犯させないためにも早く捕まえるのだ」

「はっ」

金四郎は深編笠をかぶって、自身番をあとにした。

十六夜《いざよい》の月が皓々《こうこう》と照る中を、金四郎は北町奉行所に急いだ。

二

翌日、百瀬多一郎と繁蔵は神田明神から湯島天神にやって来た。

まだ胸がすっきりしない。昨夜のことだ。まさか、あの深編笠の侍が奉行の遠山だとは誰も思いはしなかったはずだ。

奉行がお忍びとはいえ市中を徘徊《はいかい》するなどとは聞いたことがない。相手は十代の若者、片や二本差しの侍だ。若者のほうが被害を訴えたのだ。侍のほうを問い詰めるのは当然ではないか。

浪人だったら、あの若者たちの口車に乗ったまま気づかなかったのではないか、と責められた。疑いが晴れるまでは仕方ないことではないかと反駁《はんばく》したかったが、相手が奉行では勝ち目はない。

それより、あの連中だ。図体の大きな男に細身の男がふたり。三人とも十八、九歳だった。

俺たちを騙《だま》しやがってと、多一郎は思わず呻《うめ》いた。

「旦那、何か仰《おっしゃ》いましたかえ」

繁蔵がきいた。

「いや、なんでもない」

多一郎は顔をしかめて答え、

「あそこにいる連中にきいてみるんだ」

と、水茶屋から出てきた若いふたりの男に目をやった。堅気とは思えないふたりだ。

「へい」

繁蔵はふたりの前に向かった。

「なんですかえ」

立ち止まったふたりは怯《おび》えたような顔をした。

「ちょっとききたいんだが」

と、繁蔵はふたりの顔を交互に見た。

「なんですかえ」

男は窺《うかが》うような上目づかいできいた。

「図体の大きな男と細身の男ふたりの三人組を知らないか。皆、十八、九歳だ。図体の大きな男は凶暴な顔をしている」

ふたりは顔を見合わせた。

「知っているのか」

「へえ。名前は知りませんが、根津《ねづ》で一度、そんな三人組に凄《すご》まれたことがあります」

「根津か。奴らは、そこを根城にしているのか」

「たぶん、遊廓《ゆうかく》の牛太郎《ぎゅうたろう》です。凄まれたっていうのも客引きが強引だったんで怒鳴ったらちょっといざこざになったんです。そのとき、助っ人にやってきたのが図体の大きな男でした」

「妓楼《ぎろう》の名はわかるか」

「いえ。そこまでは」

ふたりは首を横に振った。

「そうか、わかった。もう、いいぜ」

繁蔵が言うと、ふたりはそそくさと離れて行った。

「旦那、根津遊廓ですぜ」

「よし。そこに行こう」

多一郎は境内《けいだい》を出てすぐ女坂に向かった。

茅町に入り、不忍池の西側をまわって根津に向かった。

かつて茶屋や楊弓場などで賑《にぎ》わっていた場所に出た。『赤間』という料理屋だった建物が目に入ったとき、多一郎はあっと気づいた。

「遠山は赤間の仁蔵のところに行った帰りだったんだ」

多一郎は遠山と呼び捨てにした。こっちの奉行は矢部《やべ》駿河守《するがのかみ》であり、俺は遠山の配下ではないという思いがあった。

「この一帯の顔役だった男ですね」

「遠山は仁蔵を説き伏せ、素直に撤去に至らせたってことだ。仁蔵は病に臥《ふ》せっているらしい」

「じゃあ、見舞いですか」

「そうだろう。あの三人組も不運だった。よりによって北町奉行を狙うとはな」

多一郎は同情したが、それは自分にも言えることだと自嘲《じちよう》した。

不忍池と別れ、根津門前町に急いだ。

夕暮れてきた。ぽつんぽつんと明かりが灯《とも》りはじめた。

前方の薄闇に根津権現の森が見える。

門前町の八重垣《やえがき》通りに入る。通りの両側に妓楼が軒を並べている。遊客の姿が見える。

「客もそこそこいますね」

繁蔵が言う。ご改革で不景気風が吹いている中でも、ここはあまり影響を受けていないようだ。

「谷中《やなか》の寺の坊主が遊びに来るのだろう」

多一郎は口元を歪める。

多一郎は通りに出ていた客引きの男に声をかけた。二十五、六歳の男だ。

「ききたいことがある」

「へい」

「十八、九歳の図体の大きな男を知らないか。凶暴な顔をしている」

「へえ」

男は困惑した顔をした。

「へえじゃねえ、どうなんだ？」

繁蔵が強く出る。

「へえ。いえ、今思いだしているところでして」

「隠したらただじゃおかねえ」

繁蔵が脅す。

「知っているのか知らぬのか」

「どうも思いだせなくて」

男は俯《うつむ》いて言う。

「そうか。いいだろう。もし、おまえが嘘《うそ》をついていたら、その男と同罪だ。いちおう、おまえの名を聞いておこう」

多一郎は迫った。

「…………」

「名も言えぬのか。どうやらわけありのようだな。自身番で詳しい話を聞こう」

「待ってくれ。俺が何したって言うんですかえ」

「名前も名乗れぬのは後ろ暗いところがある証《あかし》だ。繁蔵、いいからこいつをしょっぴけ。自身番でじっくり話を聞こう」

「俺は金助《きんすけ》だ」

「今さら名乗ったって信用出来ぬ。偽りかもしれぬ」

「ほんとうだ。思い出した。図体の大きな男は増吉《ますきち》です」

「増吉はどこにいる?」

「『正木楼《まさきろう》』の牛太郎です」

「『正木楼』はどこだ?」

「この先にあります」

「よし」

多一郎は『正木楼』に向かった。

このご改革でここはどうなるのだろうかと思いながら、多一郎は両側に妓楼が建ち並んでいる通りを行く。

音羽町《おとわちょう》の護国寺《ごこくじ》前の盛り場と根津権現前の妓楼は桂昌院《けいしょういん》の肝入りなど、将軍家の配慮で造られた経緯があって、他の場所が所払いになることがあってもこの二カ所は手をつけられることはなかった。

だが、今度の改革はこれまでと違うと多一郎は肌で感じている。もしかしたら、ここも取り潰しになるかもしれない。

「旦那、あそこですね」

前方にべんがら格子の『正木楼』が見えてきた。牛太郎が何人か出ていた。

「あの男」

多一郎は客を強引に引っ張っている牛太郎を見た。三人組のひとり、細身の男だ。

繁蔵が男の背後に回り込み、多一郎が近づく。

「おい、若造」

多一郎が声をかける。

あっと叫び、逃げようと体の向きを変えた。

「逃げられねえ」

繁蔵が行く手を塞《ふさ》いだ。

「なんでえ、俺が何したって言うんだ」

男の声は強張《こわば》っている。

「何もしてねえのになぜ逃げようとしたんだ?」

「それは……」

男は返事に詰まった。

「他のふたりはどこだ?」

「何のことでえ?」

男は惚ける。

「やい、小僧。これ以上、逃げ回ったら島送りになるぜ。なにしろ、よりによって北町奉行の遠山さまを狙ったのだからな」

繁蔵はさらに言う。

「惚けても無駄だ。なにしろ遠山さまがおまえたちの顔を見ているんだ」

「………」

男はうなだれた。

「増吉はどこだ? 言わなければ、ここで縄をかける」

多一郎は脅し、

「よし、縄をかけろ」

と、繁蔵に命じた。

「待ってくれ。中にいる」

男はあわてた。

「『正木楼』の中か。よし」

多一郎は『正木楼』に行きかけた。

「あっしが呼んできます」

男が訴えるように言った。

「逃げたら手配書をまわす」

「へい」

「行け」

男は『正木楼』に駆けて行った。

「だいじょうぶでしょうか」

「念のため、裏口にまわれ」

「へい」

「待て」

繁蔵が裏口に向かいかけたとき、『正木楼』から図体の大きな男が出てきた。もうひとりの細身の男もいっしょだった。

三人が観念したように多一郎の前にやって来た。

「旦那、お手数をおかけしました」

図体の大きな男が小さくなって言う。

「増吉か」

「へい」

「追剝の疑いだ。未遂だったが、相手が悪かったな。お奉行を相手に追剝を働くとはな」

「ほんの出来心でして」

「おまえは匕首を抜き、ふたりはこん棒を振り回した。これじゃ、殺しの未遂でもある。罪は重い」

「旦那。ただ、脅しのためで、本気でやる気はなかったんだ」

増吉は訴える。

「お奉行を相手にそう言い訳するつもりか。これじゃ、ますます罪は重くなる」

「…………」

増吉の口はあえぐだけで、声は出なかった。

「旦那。縛りますかえ」

繁蔵がきく。

「そうよな」

多一郎は遠山に反発するものがあって、あえてこの連中を捕まえようとは思わなかった。どこに逃げたかわかりませんでしたと報告すればよい。

それより、ここに来てから思いついたことがあった。そのことをこの三人に頼もうと思った。

「おまえたち。俺の手伝いをすれば今度のことは見逃そう」

多一郎が口を開いた。

「旦那」

繁蔵が目を剝《む》いた。

「俺に任せろ」

多一郎は繁蔵に言い、

「増吉、どうだ?」

と、きいた。

「否応《いやおう》はねえ。ほんとうに見逃してくれるのか」

「よし、おまえたちもいいな」

「わかった」

ふたりも大きく頷《うなず》いて言う。

「よし。おまえたちにやってもらうのはそんな難しいことではない。この遊廓で、最近派手に遊んでいる男、いや派手でなくとも身分不相応な贅沢《ぜいたく》な遊びをしている男を見つけだすのだ。出来たら名前や住まいがわかればなおもいい」

「そんなことでいいのか」

「そうだ。あるいは、これから遊び出すかもしれない。浪人であっても誘え。そして、どんな遊びをするか、確かめるのだ。侍でも町人でもだ」

火事場の押込みから七日ほど経った。直後は派手な遊びを控えていたとしても、そろそろじっとしていられなくなるはずだ。

「もし、そんな人間がいたら、自身番に知らせろ。こっちに連絡がつくようにしておく」

「わかった。任せてくれ」

増吉は請け負った。

「よし、行っていい」

「へい」

増吉たちは『正木楼』に戻った。

「旦那の狙いはわかりましたが、奴ら信用出来ますかえ」

「心配ない」

「ですが、遠山さまのほうは？」

「うまく言い訳をする」

多一郎は含み笑いをした。

火盗改《かとうあらため》はまだ基吉《もときち》を捕まえていないようだ。きっと火盗改の鼻を明かしてやると、多一郎は意気込んだ。

三

次の日、金四郎は五年前の不正事件の調査を命じた年番方与力の曽我市兵衛《そがいちべえ》と用部屋にて向かい合った。

天保七年(一八三六)の飢饉《ききん》の折り、南町奉行所の年番方与力仁杉五郎左衛門《ひとすぎごろうざえもん》は市中御救い米取扱掛を務め、御用達《ごようたし》の商人に金を出させ、遠国から米を買いつけ、御救い小屋に粥《かゆ》を施した。

このとき、仁杉五郎左衛門の下で働いていたのが佐久間伝蔵《さくまでんぞう》と堀口六左衛門《ほりぐちろくざえもん》という同心だった。当時の南町奉行は筒井政憲《つついまさのり》である。

ところが、この買米に絡む不正があったのではないかと、今年になって矢部定謙《やべさだのり》が老中に告発したのだ。

当時、矢部は勘定奉行をしていて、買米に不正がないかを監視していたところ、南町の与力の不正に気づいたという。

告発がその当時ではなく、今年になってからだったのは、なぜかと、以前に金四郎は矢部に訊《たず》ねたことがある。

　矢部はこう答えた。

「証拠が見つからなかったのだ。勘定奉行を辞してもそのことが気にかかっていた。小普請組支配になり、時間の余裕が出来て、また調べだした」

「お役目ではなく？」

「勘定奉行として不正を見つけた者の責務だ。それで、仁杉五郎左衛門の下で働いていた堀口六左衛門に近付き、不正のからくりを聞き出したのだ」

　その結果、仁杉五郎左衛門は不正があったとして捕縛され、筒井政憲は不正を黙殺したことで責任をとらされた。

　ことを複雑にしたのは、筒井政憲に代わって矢部定謙が南町奉行に就いたことだ。このことで、矢部が奉行の座を狙って筒井政憲を追い落としたという噂《うわさ》が立った。しかし、矢部は平然と否定した。

「わしが後釜になったのはたまたまだ。わしに何らやましいことはない」

　仁杉五郎左衛門にそれほどの罪があったかどうかは疑いをはさむ者がいたが、事件のけりはついていた。

ところが、今年の六月、南町奉行所内で同心の佐久間伝蔵が堀口六左衛門を殺害しようとしたが、六左衛門が奉行所に遅れてきたために六左衛門の倅《せがれ》に斬りつけて殺害し、自害して果てたという事件が起きたのだ。

佐久間伝蔵は堀口六左衛門があらぬことを矢部定謙に喋《しゃべ》ったために仁杉五郎左衛門が罪を負ったという義憤を抱いていたことがわかっている。だが、事件は佐久間伝蔵の乱心ということで決着がついた。

ところが、またもこの不正事件が表舞台に登場することになった。

佐久間伝蔵の妻女が水野忠邦《みずのただくに》に駕籠訴《かごそ》をしたのだ。伝蔵は乱心ではなく、理由があって刃傷《にんじょう》に及んだのだと訴えたのである。

こういう流れがあって、忠邦は金四郎に五年前の不正事件を調べるように命じたのだが、いくつか不可解な点があった。

まず、佐久間伝蔵の妻女が忠邦に駕籠訴をした件だ。妻女が自発的に訴えたとは思えないのだ。というのは最近、徒目付《かちめつけ》がしきりに妻女に接触していたことがわかっている。妻女をそそのかし、駕籠訴させたのではないか。

南町奉行の後釜に座ろうとして鳥居《とりい》耀蔵《ようぞう》が矢部追い落としを図ったのではないか

と金四郎は見ている。

その証はないが、忠邦の発言からもそのことは読み取れる。

金四郎も併せて罷免したいというのが本音であろうが、家慶《いえよし》の信任が厚い金四郎を切ることは出来ない。

だから、矢部だけでも罷免し、後釜に鳥居耀蔵を据えれば、金四郎ひとりの抵抗では怖くないと思っているのだ。

こういう背景が容易に想像出来るにも拘《かか》わらず、手向かえないのは金四郎にも弱みがあるからだった。

先月、金四郎は温情ある裁きを下した。しかし、これが法に則《のっと》った裁きではないと、忠邦から追及されたのだ。

市井の事件に老中が首を突っ込むことなど異例だ。鳥居耀蔵が動いたことは間違いない。御目付の立場を利用し、徒目付に北町奉行所の与力、同心の動きをすべて調べさせているのだ。

「佐久間伝蔵の妻女の話ですが」

曽我市兵衛が口を開く。

「仁杉五郎左衛門は不正など働いておらず、堀口六左衛門がいい加減なことを矢部さまに告げたのだと。堀口六左衛門の偽りのために仁杉五郎左衛門が罪を負った。米問屋などから賄賂《わいろ》を受け取っていたのは堀口六左衛門だと、佐久間伝蔵は話していたそうです」

「堀口六左衛門は何と言っている?」

「賄賂を受け取っていたのは仁杉五郎左衛門で、上役の不正を訴えることが出来ず、もんもんとしていたところ、矢部さまから問い質《ただ》されて思い切って真実を話したということです」

「堀口六左衛門の言い分は信憑性《しんぴょうせい》があるか」

「ときおり、言葉に詰まったり、目を逸《そ》らしたりと挙動に怪しむべきことはありましたが、偽りと言い切る証もなく……」

市兵衛は苦しそうに言う。

「米問屋のほうはどうだ?」

「疑われた主人は一昨年に病死をしており、真相はわかりません。跡を継いだ倅の話では、不正などまったくなかったと聞いていると話していました」

「つまり、矢部どのが堀口六左衛門を使って仁杉五郎左衛門に罪をなすりつけ、そしてその事実を奉行の筒井どのが知りながら何も手を打たなかったという落ち度で奉行を罷免させられたのか」

これによって、今年の四月に矢部定謙が南町奉行に就任したのだ。

だが、六月に南町奉行所内で同心の佐久間伝蔵が堀口六左衛門を殺害しようとする事件が起きた。

鳥居耀蔵はこの一件を取り上げたのだ。

矢部は佐久間伝蔵と堀口六左衛門が不正事件に関わりあることを承知しながら、何の手も打たず、あげく奉行所内で刃傷事件を引き起こした。奉行として職務怠慢であるという罪だ。

「やはり、新しい事実は出てきそうもないか」

金四郎は確かめる。

「私の感触ですが……」

市兵衛は言いよどんだ。

「遠慮はいらぬ。有り体に話してみよ」

「はっ」

市兵衛は一礼してから、

「南町の与力や同心はどうも歯切れが悪いのです」

「……………」

「どうやら、徒目付から何か言われているのではないかと」

「そこまで手が及んでいようか」

「じつは私と親しい与力は、うちはお奉行が代わりそうだと言っていました」

「なに」

金四郎は驚きを禁じえなかった。しかし、さもありなんとすぐ思いなおした。

「次の奉行はだれかという話にもなっているのか」

「はい。御目付の鳥居さまがくるらしいと皆戦々恐々としているようです。徒目付をつかって全員の素行を調べ上げているらしいという噂があるそうです」

「噂の域を出なくても、鳥居どのならやりかねぬ」

奉行所与力・同心の不正を監視するのも徒目付だ。その頭が今度自分たちの上にやってくるとなれば……。

鳥居耀蔵は着々と自分が南町奉行に就く工作を進めているのだ。忠邦が金四郎に不正事件の調べを命じたのは形式、を整えると同時に逆らうとこういう目に遭うという警告の意味もある。

だが、そんな脅しに屈せず、事実だけを調べようとしたが、すべてに手を打たれていたようだ。

それだけでなく、やはり矢部には不正事件に絡んで弱みがあるのだ。勘定奉行のときに不正事件を調べていたというが、なぜ役目以外のことに手を出したのか。そして、今年になって本格的に動いたのは勘定奉行を辞して時間に余裕が出来たから調べたというが、そもそも矢部の役目ではない。

なのになぜそこまでしたのか。結果から見れば、筒井政憲を追い落とし、自分が奉行になっている。

やはり、奉行になりたいがために不正事件を調べていたと疑られても仕方ない。この疑問に対して、矢部からは納得がいく説明はなされていない。

このことが、金四郎には引っかかるのだ。つまり、鳥居耀蔵に付け入る隙を与えてしまった。ここを突かれたときに、金四郎は擁護出来ない。

「筒井どのからの返事はまだ届いていないのだな」

金四郎は確かめた。

「まだでございます」

筒井政憲に対しては、北町奉行として質問状を差し出している。

返事の内容は従来と何ら変わるものではないはずだ。不正事件を糺《ただ》さなかったという不作為の罪だが、素直に疑惑を受け入れており、御役御免だけで済んだのだ。

これにあえて逆らえば、奉行の罷免だけでなく、さらに厳しい処罰が下ったかもしれない。今さら、何の抗弁もすることはあるまい。

だから、筒井の返事に期待は出来なかった。

「引き続き、頼んだ」

「はっ」

市兵衛が去ったあと、金四郎は胸が塞がれる思いで、矢部のことを考えた。

忠邦の強引な改革を押しとどめるには、ふたり手を組んで立ち向かわねばならないと誓い合っていただけに無念としかいいようがなかった。

さらに、憂鬱《ゆううつ》な知らせを駒之助《こまのすけ》が運んできた。

「お奉行、とうとう来ました」

「来た？」

きき返してから、金四郎はすぐ気づいた。

「召馬預か」

「そのようです。応対に出た者の話では、私に会いたいと言っているようです」

「浦部《うらべ》喜之助《きのすけ》はいっしょか」

「いえ。おひとりのようです」

「ひとりか。客間に通させろ。そなたは出てこなくてよい」

「はっ」

駒之助が下がったあと、金四郎は間を置いて立ち上がった。

将軍や幕府の御馬を飼育したり、調教したりする厩方《うまやがた》役人には召馬預、馬預、馬方、馬医などの諸役があったが、召馬預の配下になる馬乗りは御馬の調教を行なう。

金四郎が客間に行くと、三十半ばと思える武士が待っていた。

「拙者、召馬預配下の馬乗頭の綾部《あやべ》文三《ぶんぞう》と申します」

綾部文三は低頭した。馬乗りは五十俵三人扶持《ぶち》の軽輩であるが、葵《あおい》の紋の威を借り、態度は不遜《ふそん》であった。

「遠山左衛門尉《さえもんのじょう》である」

「お奉行直々とは恐れ入ります。なれど、召馬預の支配に命じられ私が会いに来たのは相坂《あいさか》駒之助どのにございます」

綾部文三は葵の紋をちらつかせるように言う。

「まず、用件を承ろう」

金四郎は動じずに言う。

「されば、先般神田にて出火した際、当奉行所の内与力相坂駒之助なる者が、馬乗りの浦部喜之助が騎乗せし御馬を追い掛けて、浦部を御馬から引きずり落とし、あまつさえ葵の御紋もつけた御馬を押さえつけた由、まことに将軍家を愚弄《ぐろう》する所業であります」

「そのほう」

金四郎は静かに口を開く。

「浦部喜之助よりどのような報告を受けておるのだ？」

「どういうことでございますか」

綾部文三は憤然とき返す。

「そなたはどこまで状況を把握しているのかと申しておるのだ？」

「浦部喜之助から十分に話を聞いております」

「浦部喜之助がどこまでほんとうのことを話しているのか」

「お言葉ではございますが、浦部は嘘を言うような男ではございません」

「嘘は言わずともすべてを話していると思うのか」

「思います」

「では、そなたは、幼き子どもが通りの真ん中に立ちすくんでいるにも拘わらず、浦部喜之助が御馬を疾走させ、あわやというとき助けに入った男の上を飛び越えて走り去ったことを承知して言っているのだな」

「…………」

「もし、助けに入った男がいなければ子どもはどうなっていたか。それとも、馬乗りは、御馬の調教の前にはひとの命などどうでもいいとお考えか」

「お待ちください」

綾部文三は少し狼狽し、

「そのようなことがあったとは聞いておりません」

「そんなはずはなかろう。浦部喜之助はすべてを正直に話しているのではないか。それとも、都合の悪いことは口にしなかったのか」

金四郎は間を置いて、

「かねてより、馬乗りは御馬の調教に火事場を利用しているようだ。このことを上様はご存じなのか」

「………」

「火事場は火消しや逃げまどう人々で混乱しているのだ。そのような場所で訓練をして、万が一のことがあったら何とするのか。御馬を血で汚すことがあってもよいのか」

綾部文三は何か言いかけたが、すぐ口を閉じた。

「よいか、浦部喜之助は前方に子どもがいるのに御馬の走りを緩めようとせず、また駆ける道を変えようとしなかった。子どもに気づかなかったのではない。いすくまっている子どもの頭の上を飛び越えようとしたのだ」

金四郎は激しい口調になり、

「場合によっては、前脚が子どもの頭を激しく蹴っていたかもしれない。そうなれば、子どもの命などひとたまりもない。相坂駒之助はそんな狼藉者《ろうぜきもの》を追い掛けたのだ」

「そのことがほんとうかどうか、わからぬではありませぬか」

綾部文三がやっと口を開いた。

「見ていたものはたくさんいる。子どもの母親も見ていた。今、助けに入った男を探しているところだ。綾部文三」

金四郎は威厳に満ちた声で、

「葵の紋を振りかざしての狼藉の数々、場合によっては奉行所で調べ上げ、老中、あるいは上様に言上いたす」

「わかりました。もう一度浦部喜之助を問いただし、改めて参上いたします」

「そのときは浦部喜之助をご同道なされ」

「はっ。では、失礼いたします」

「待て」

金四郎は引き止めた。

「あの事件から八日ほど経っている。なぜ、もっと早くやってこなかったのだ？」

「……………」

「どうした？」

「はっ」

綾部文三は言いよどむ。

「察するに、浦部喜之助にことを大きくする気はなかったのではないか」

「それは……」

「そもそも、そなたも浦部喜之助が絡んだいざこざを知らなかった。別のところから知ったのではないか」

「…………」

綾部文三は苦しそうに顔を歪《ゆが》めた。

「図星らしいな」

綾部文三は俯いた。

「誰かの入れ知恵があったな？　誰だ、そなたを焚きつけたのは？」

「どうか、ご容赦を」

「徒目付か」

「……………」

はっとしたあとで、綾部文三は頷いた。

「徒目付に唆され、はじめて浦部喜之助を問いただし、話を聞いたということのようだな」

「……………」

綾部文三から反論はなかった。

「浦部喜之助は、子どもの件という負目があったのでことを荒立てるつもりはなかった。ところが、そなたは徒目付に唆された。それでは浦部喜之助もほんとうのことは言えなかったはずだ」

「急ぎ立ち返り、浦部喜之助から改めて話を聞きます」

「そうしてもらおう」

「はっ」

綾部文三は低頭し、逃げるように金四郎の前から下がった。

駒之助が入って来た。

「いかがでしたか」

「どうやら、浦部喜之助はこの件を問題にするつもりはなかったようだ。徒目付が綾部文三を唆したのだ。綾部文三は調べ直してもう一度出直すと言っていた」

「そうですか」

駒之助はほっとしたように言う。

「ところで、忠兵衛のほうはどうだ?」

「治助は下谷の榊原亀之助《さかきばらかめのすけ》という御家人の屋敷に二度出かけたのですが、相手は留守だったようです。まだ、確かめきれていないそうです」

「そうか。御家人屋敷か。中間《ちゆうげん》部屋にでも匿《かくま》われているのか」

あの男は単なる中間とは思えない。治助が訪ねたのは金四郎の言葉を受けてだろうか。

「火付け盗賊の探索も進んでいないようだが……」

「はい。火盗改と南町がそれぞれ探索をしているようですが、進展はないようです」

「そうか」

金四郎は用部屋に戻りながら、南町の同心百瀬多一郎のことを思いだしていた。追剝を働いた三人の若い男を見つけだせたろうか。

あれこれ考えながら、金四郎は用部屋に戻った。

四

その日の昼過ぎ、百瀬多一郎と繁蔵は根津に向かう途中、基吉が住んでいた太郎《たろ》兵《べ》衛《え》店《だな》の前を通った。

長屋もだいぶ出来上がっていた。

「百瀬さま」

大家が多一郎を見つけて走ってきた。

「大家か。ずいぶん早い復興だな」

「地主さんが自分の家のために保管していた材木をすべて差し出してくれたんです。おかげで助かりました」

そう言ってから、

「じつは基吉の住まいがわかったんです」

と、大家が口を開いた。

「どこだ?」

「柳橋にある仕出屋に奉公してました。岡持を持った基吉とばったり会って、びっくりしました」

「火盗改には?」

「いえ、話していません」

「よし。誰か、基吉の顔を知っている人間を貸してくれ」

「わかりました」

大家は辺りを見回したが、誰もいないようで、

「あっしが行きましょう」

と、進んで言う。

「ここはいいのか」

「だいじょうぶです。それに、基吉のことが気になりますので」

「よし」

多一郎は勇躍して大家とともに柳原通りから柳橋に向かった。

「百瀬さま。基吉にほんとうに付け火の疑いがかかっているのでしょうか」

歩きながら、大家がきいた。

「話を聞くだけだ」

多一郎はまだわからないと言った。

柳橋を渡りかけたとき、前方で騒ぎが始まった。

「なんだ？」

多一郎は眉根を寄せた。

「見てきます」

繁蔵が走って行った。

血相を変えて、繁蔵がひき返してきた。

「たいへんですぜ。火盗改が……」

「なに、火盗改だと」

多一郎は柳橋を駆けた。数人の侍が若い男を囲んで橋に向かってきた。その中に、目つきの鋭い侍がいた。火盗改与力の富坂《とみさか》鍬太郎《くわたろう》だった。

「あっ、基吉」

あとから追いついた大家が若い男を見て叫んだ。

「あれが基吉か」

色白の気の弱そうな顔をした男だ。

「富坂さま」

多一郎は声をかけた。

「南町か」

鍬太郎は含み笑いをした。

「基吉ですね」

「そうだ。役宅でじっくり話をきく」

「捕まえたのですか」

「そうだ」

「なぜ、基吉の居場所がわかったのですか」

「ずっと追っていたのだ。以前の住まいから母親の知り合いを探り出し、やっと基吉を見つけだした。基吉が働いていた仕出屋は、母親が料理屋に奉公していた朋輩《ほうばい》の嫁ぎ先だ」

「基吉はほんとうに付け火をしたのでしょうか」

「これから取り調べるが、まず間違いない。仲間の名は白状させる」

「でも、基吉が付け火と押込みの仲間なら、分け前をもらっているはずです。仕出屋で働かなくても」

「見せかけだ。ほとぼりが完全に冷めるまで、仕出屋で働くに違いない」

「でも、基吉に仲間がいるとは思えないですが」

「出前先の人間かもしれねえ。まあ、これからの取り調べでわかる。では」

鍬太郎は多一郎の前から離れた。基吉を連れて行く火盗改の一行はすでに橋を渡っていた。

「基吉……」

大家が茫然と見送った。

「旦那」

繁蔵も焦ったように、

「ほんとうに基吉でしょうか」

「火盗改の言い分にもそれなりの理屈はあるが……」

多一郎は忌ま忌ましげに言ってから、

「ただ、押込みのほうはまだだ。押込みはこっちで捕まえる」

「でも、基吉が自白したら、仲間のことも明らかになっちまいます」

「いや。俺は押込みと基吉はそんな深いつながりだとは思っていない。おそらく、押込みの連中はたまたま基吉の医者の良元《りょうげん》に対する恨みを知り、付け火をたきつけたのではないか」

多一郎はそう思っている。

「もし、押込みの仲間が付け火をするなら良元の家ではなく、別に火を付けやすい空き家などもあったんだ。逆に言えば、基吉を知って、はじめて押込みを考えついたのだろう」

「そうなると、押込みのほうが主犯ですね」

「そうだ。こうなると、増吉たちが頼りだ」

多一郎はそろそろ押込みの連中は金を使いはじめるはずだと思っている。その使い道は女だ。

深川の色里か、吉原か。しかし、このふたつは目立つ。根津に行ったとき、確信した。密かに遊ぶならここだと。女の質もいいという評判だ。

金貸し徳蔵《とくぞう》から金を借りていた客は、徳蔵の家がある小柳町からそれほど離れていない場所に住んでいたはずだ。

だとしたら、根津遊廓は手近だ。

大家と別れて、多一郎と繁蔵は根津に向かった。

惣門をくぐって遊廓の中に入る。すると、前方から図体の大きな増吉が小走りにやって来た。

「旦那」

「来たか?」

多一郎は目を剝いた。

「へえ。よりによって、『正木楼』に上がりました。一昨日《おととい》と昨日、続けてです」

「名前は?」

「新助《しんすけ》という大工です。三十前後ってところです」

「新助か。で、誰か目当てがいるのか」

「ええ。若くて美しいっていう評判の美鈴《みすず》っていう妓《おんな》です。ちょっと寂しそうな横顔がたまらないっていう客が多いんです」

「ひとりで来るのか」

「ひとりです」

美鈴に会って新助のことを調べさせたいが、三度目で馴染みとなれば、情が移ってかえって新助の肩を持つかもしれない。

「美鈴には我らのことは黙っているのだ」

「へい」

「よし、ともかく、今夜も来るか待とう。来るのはいつも何刻《なんどき》だ?」

「二日とも、暮六つ（午後六時）でした」

「よし」

多一郎は逸《はや》る気持ちを抑えて、

「俺たちは根津権現の境内で時間を潰し、暮六つ前に戻ってくる」

「わかりやした」

多一郎は根津権現に向かった。

表参道から楼門をくぐり、さらに唐門を抜けると拝殿と本殿にたどり着く。

「見事なもんですね」

権現造りの屋根をみて、繁蔵が感嘆の声をあげる。

「根津権現は古いが、もともと千駄木にあったのを五代将軍綱吉《つなよし》公の時代にここに移ってきたという。この地は甲府《こうふ》藩の屋敷だったそうだ。六代将軍家宣《いえのぶ》公が生まれたところに根津権現が移ってきたそうだ」

「六代さまは確か、綱吉公の兄である甲府の綱重《つなしげ》さまの子綱豊《つなとよ》さま」

繁蔵がうろ覚えのことを口にした。

「そうだ。だから、この地を寂れさせてはならないと、遊廓も許されたのだろう」

「ということは、将軍さまのお墨付きの遊廓だとしたら、ご改革でもお取り潰しはないかもしれませんね」

「と、思うが……。ただ、今度のご改革は凄まじい。越前守《えちぜんのかみ》さまはかなり本気らしいからな、どうなることか」

多一郎はふと顔を歪めた。北町奉行の遠山左衛門尉を思いだしたのだ。遠山は水野忠邦の改革に反対しているのだ。

奢侈《しやし》禁止令を受けて、多一郎は贅沢な着物を着た女の着物を引き剝がしたが、それはやり過ぎだと南町奉行矢部定謙に注意されたのである。

厳しく取り締まれという命令に従っただけなのにやり過ぎだと言われ、奉行から注意を受けた。

多一郎はこの件もあるから、遠山に対して面白くない気持ちを持っているのだ。

まだ、暮六つまで間があった。だが、唐門をくぐって増吉の仲間が走ってくるのが目に入った。

「何かあったのか」

繁蔵が声をかけた。

「もう新助が来ました」

「なに、もう来たのか。よし」

多一郎は『正木楼』に急いだ。

「新助は泊まらず帰っているようだがな」

「仕事があるので帰るんじゃないですかえ」

増吉の仲間の男が言う。

『正木楼』に着いた。

「もう、座敷に上がってしまいました」

増吉が出てきて小声で言う。

「一足遅かったか」

上がる前に話を聞こうとしたが、きょうの新助はいつもより早く来たのだ。付け火と押込みの犯人と決まったわけではないので、座敷に踏み込むわけにはいかない。引き上げるのを待つしかなかった。

「旦那、あっしとこいつで新助のあとをつけて住まいを見つけます。旦那は御新造さんがお待ちでしょうから」

繁蔵が手下を指し示して言う。

「そうだな」

多一郎は今年の春に妻帯したばかりだった。

新助が出てくるのは一刻（二時間）以上あとだ。待つのはなんともないが、新助が美鈴と楽しんでいるのを想像しながら待つのは苦しい。早く帰って嫁に会いたいと思った。

「そうしてもらおうか」

多一郎は素直に答える。

「へい。明日の朝、お迎えに上がります」

「では、頼んだ」

繁蔵と別れ、多一郎は一足先に引き上げた。


翌朝、繁蔵が八丁堀の組屋敷にやって来た。

髪結いが引き上げたばかりで、多一郎はさっぱりした顔で濡れ縁に出て、庭先に立っていた繁蔵に声をかけた。

「わかったか」

「へい、わかりやした。神田佐久間町《かんださくまちょう》一丁目の斎太朗店《さいたろうだな》に入っていきました」

「よし」

多一郎は羽織を着て、十手を懐に仕舞って、繁蔵とともに佐久間町一丁目に向かった。知らず知らずのうちに足が早まった。

その前に小柳町の金貸し徳蔵の家に寄った。徳蔵の妻女と番頭が仮寓《かぐう》の小屋の文《ふ》机《づくえ》の上で書き物をしていた。

「これは百瀬の旦那」

徳蔵の妻女が顔を上げて言う。

「朝早くから精が出るな」

多一郎は声をかけた。

「なにしろ、証文も台帳も焼けてしまったので、覚えている貸し金のことを思い出しながら書き出しているんです」

「控えはどこにもなかったのか」

「はい。それも焼けてしまったんだと思います。うちのひとの頭の中にはすべて入っていたんですが……」

妻女は沈んだ声で言い、

「でも、番頭さんが少しずつ思いだしてくれているんです」

「旦那のようなわけにはいきません」

番頭が吐息を漏らした。

「控えはあったのか」

「旦那は用心深い御方でしたから正式な台帳以外に控えをとっていました。でも、すべて燃えてしまいました」

「徳蔵が別な場所に隠しているということはないのか」

「別の場所？」

番頭ははっとしたようになった。

「そうだ。たとえば……」

多一郎は妻女を気にして、

「徳蔵が別の家を持っていたとか」

妾《めかけ》はいなかったのかとききたかったのだ。

「番頭さん、うちのひとにそんな女がいたのかえ」

妻女は顔色を変えてきいた。

「いえ、私は知りません」

番頭は狼狽ぎみに答える。

多一郎はおやっと思った。番頭の様子がおかしい。ひょっとして、と想像あえてその話題には踏み込まなかった。

「ところで、新助という男は客にいないか」

多一郎はきいた。

「新助？　神田佐久間町一丁目の新助さんですか」

番頭が確かめる。

「そうだ。いたのか」

「はい、おりました」

「いくら借りていたんだ？」

「一両です」

「新助に返せる当てがあったのか」

「よく覚えています。旦那は、新助さんが大工だから稼げるだろう。万が一、返せなければ親方に肩代わりしてもらうという約束でお貸ししました」

番頭は思いだしながら答える。

「で、返済の期日はいつだ？」

「今月の十日でした」

「十日？　火事のあった日だな」

　十日未明に出火したのだ。

「火事がなければ、その日に新助は金を返しに来たはずだな」

「はい」

「その後、新助は？」

「一度も顔を見せていません。でも、そのうち、催促に行くつもりです。いえ、新助さんだけじゃありません。こうやって洗い出したひとたちにも会いに行くつもりです」

「とぼけられたらどうするのだ？」

「先方の良心に訴えるしかありません」

　番頭は悲壮な覚悟で言う。

「そうか。その他に、浪人もいるな」

「はい。何人かおりました。今、思いだしています」

「あとで名簿を見せてもらいたい。その中に、押込みがいるはずだ」

「わかりました」

多一郎は外に出てから、

「どうやら徳蔵は妾がいて、その家に控えが隠してあったようだ。妻女の手前、思いだしながら書いていると言うが、番頭はその控えを見ているに違いない」

「妻女のいないときに番頭に確かめてみます」

繁蔵が応じた。

筋違御門をくぐって橋を渡り、神田佐久間町一丁目にやって来た。

斎太朗店の木戸を入る。繁蔵は一番奥の家に行った。腰高障子には鉋《かんな》と鑿《のみ》の絵が描かれていた。

「ごめんよ」

繁蔵が戸をあけた。

だが、部屋は無人だった。

「出かけたようですね」

「そうだな。この時間だ。もう、普請場に行ったのかもしれない」

火事のあとで、大工や左官屋は大忙しのはずだ。

多一郎は大家の家に行き、新助についてきいた。

「新助は出職だな」

「そうです」

「親方は？」

「表通りにある『大政《だいまさ》』っていう棟梁《とうりょう》です」

「大政か」

「新助が何か」

　小太りの大家が不安そうにきいた。

「そうではない」

　多一郎は否定し、

「金貸し徳蔵から金を借りていた人間を調べているんだ。なにしろ証文も台帳も焼けてはっきりしないようなのでな」

　と、曖昧《あいまい》に言う。

「はあ」

「新助だが、金貸し徳蔵から金を借りていたことを知っているか」

「知っています」

「なんで、金が必要だったんだ。大工ならそこそこ実入りはあったのではないか」

「手慰みです」

大家は顔をしかめた。

「博打《ばくち》をやるのか」

「はい。いつも注意をしているのですが……」

「博打にのめり込んでいるのか」

「はい。稼いだ金を全部、博打で擦ってしまって。それで、かみさんも愛想尽かしをして出て行ってしまったんです。それでも、手慰みはやめません。いい腕がありながら、仕事もしなくなって……。金貸しから金を借りたのは、負け金を支払うためでしょう。負け金を払ったあとは、金貸しに返す金の工面で苦労していたみたいですが」

大家は苦い顔をした。

「きょうは仕事に出かけているのか」

「ええ、火事があって、新助の手を借りたいほど仕事があるんでしょう」

「わかった」

それから、『大政』に行き、棟梁の妻女から普請場を聞いて、そこに向かった。

再び、筋違橋を渡る。普請場は神田白壁町だった。

家の骨組みは出来ていて、大工が忙しく働いている。

「旦那、鉋掛けしているのが新助です」

半纏《はんてん》を着た細身の男が木を削っている。あの男が押込みの一味かどうか、調べはこれからだと思いながら、多一郎は鉋掛けをしている新助を見ていた。

五

その日の昼すぎ、金四郎は深編笠をかぶり、黒の羽二重の着流しで奉行所を出た。

金四郎が向かったのは下谷の三味線堀の近くにある榊原亀之助という御家人の屋敷だった。

屋敷の木戸門に近づくと、忠兵衛がふいに現れた。

「治助がようやく男に会いました。この屋敷の隅にある家を借りている仁斎《じんさい》という学者に奉公している政次郎《まさじろう》という男でした」

仁斎は朱子学の学者だそうだ。幕府は朱子学を正学として昌平坂学問所でも教えている。

「榊原どのと関わりはないのか」

「そのようです。榊原さまは仁斎に土地を貸して地代を得ているのですが、政次郎は仁斎の家で寝泊まりをしています」

「よし、まず仁斎に会ってみよう」

「はい」

忠兵衛が先に木戸門に入り、庭木戸から別棟の仁斎の家に向かった。

戸口に向かいかけたとき、総髪の男が出てきた。細い顔は皺が深く、まるで猿のようだ。若いのか年をとっているのかわからない雰囲気があった。

「仁斎先生ですか」

忠兵衛が声をかける。

「そなたは?」

仁斎は気難しそうな顔できいた。

「我ら、南町奉行所の者でございます」

忠兵衛が名乗ったのを受けて、金四郎は深編笠をとった。

仁斎が金四郎の顔を見て、目をぱちくりさせたが何も言わず、

「何用か」

と、きいた。

「仁斎先生の家にいる政次郎という男に会いたいのです」

「政次郎が何かしたのか」

「いつぞや、人助けをした男が、どうやら政次郎ではなかったかというので、確かめに来ました」

「人助けとな」

「はい。自分の身の危険を顧みず、子どもを危機から救ったのです」

「………………」

「ぜひ、そのときの男かどうか確かめたいのです」

「そうか。わしは出かけるところだ」

仁斎は土間に戻り、

「政次郎」

と、声をかけた。

すぐに男が出て来た。

「そなたのお客人だ。あとは頼む」

そう言い、仁斎は金四郎に顔を向け、

「入られよ」

と声をかけ、出かけて行った。

金四郎は土間に入った。男が控えていた。金四郎に気づいて、一瞬当惑したような顔をした。

「政次郎か」

金四郎は声をかけた。細面の二十七、八歳の引き締まった顔つきだ。あのときの男に間違いなかった。

「そうです」

「わしは北町奉行遠山左衛門尉だ」

「はい」

政次郎は畏《かしこ》まった。

「少し、話がしたい」

「どうぞ」

政次郎は金四郎と忠兵衛を部屋に上げた。

「散らかっていますが」

政次郎は書庫のような部屋に案内した。

隅には大学・中庸《ちゅうよう》。論語・孟子の四書、易経、書経、詩経、春秋《しゅんじゅう》、礼記《らいき》の五経、それに前漢書・後漢書・唐詩選などから老子・孟子・韓非子《かんぴし》の類《たぐい》など、多くの書物があった。

「そなたは、仁斎どのの?」

「内弟子のようなものです」

「学者を目指しているのか」

「とんでもない。学問をはじめたのはこの二年ばかり前からです。学問をしてみたいと思っただけです」

「何かそう思うきっかけがあったのか」

「いえ、なんとなくです」

政次郎は俯いたまま答える。

「これはそなたのものだな」

金四郎は猿の根付を渡した。

「はい」

政次郎は手を出した。

「そなたが助けた子どもが握っていた」

「…………」

「なぜ、あの場から立ち去ったのだ？」

「別に、深い意味はありません」

「ともかく、人助けをしたのだ。助かった子の母親も礼を言いたがっている」

「礼などいりません。当たり前のことをしたまでです」

政次郎は話しているときは顔を上げるが、そのあとは相変わらず俯いてしまう。

「ともかく、褒美をとらせたい」

「へえ。でも、結構でございます」

「いらぬと言うのか」

「はい。あっしがやったことより、もっと立派なことをしたひとがたくさんいるはずです。そのような方にご褒美を」

「ひとひとりの命を救ったのだ。これに勝るものがあろうか」

「…………」

「そなた、疾走する馬の前に飛び出すことに恐れはなかったのか」

「夢中でしたので何も考えませんでした」

「政次郎」

金四郎は口調を改めた。

「そなたは馬が背中を飛び越えていくと、とっさに見極めたのではないのか」

「違います。夢中で飛び出したのです」

政次郎は顔を上げて言う。

「そうか。それから、もうひとつ訊ねたい」

「…………」

政次郎は一瞬、身構えたようになった。

「なぜ、あの刻限にあの場所にいたのだ？」

「単なる野次馬です」

「しかし、ここから少し道程はある」

「たまたま厠《かわや》に起きたら空が赤くなっていたので、外に出てみました。火の手を追って、気がついたらあんなほうまで歩いて行っていたんです」

「着替えてか」

「へえ……」

「ひとりでか」

「ひとりです」

「連れがいたように思えるのだが、わしの勘違いか」

「私ひとりです」

「そなた、仁斎の弟子になるまでどこで何をしていたのだ？」

「小石川のほうの武家屋敷で奉公していました」

「なるほど。で、そなたは武術の心得があるのだな」

「えっ？」

「隠すことはない。馬の前に摺《す》り足で飛び込んで子どもをかばった動き、そのあとの身のこなし。武術に秀でていると睨《にら》んだ」

「子どもの頃、近くに剣術の先生がいたので、ちょっとかじった程度です」

「そうか」

金四郎はそれ以上は踏み込むことは出来ず、

「どうだ、子どもの親も礼を言いたがっている。褒美はともかく、一度会ってやってくれぬか」

「…………」

政次郎は迷っていたが、

「わかりました」

「では、母親をここに訪ねさせよう。よいな」

「はい。ちなみにどこの御方でしょうか」

「神田多町《たちょう》一丁目の『酒田屋』という瀬戸物屋だ。帰りに『酒田屋』に寄って、そなたのことを話しておく」

金四郎は立ち上がった。

「邪魔した」

「へい」

政次郎は深々と頭を下げた。

組屋敷の外に出て、金四郎は深編笠をかぶる。

「なんとなく、政次郎は歯切れが悪いですね」

忠兵衛が首をひねった。

「何かを隠しているようだ」

金四郎は言い、

「政次郎がどんな人間と付き合っているか念のために調べてくれ」

「畏まりました」

三味線堀を過ぎたところで忠兵衛と別れ、金四郎は向柳原から新シ橋《あたらしばし》を渡って柳原通りに入った。

多町一丁目は焼けなかったが、すぐ目の前まで火の手は来ていたのだ。

『酒田屋』の店先に七輪や摺鉢《すりばち》、土瓶などが並べられていた。

金四郎は店先に立ち、番頭ふうの男に内儀を呼んでもらうように頼んだ。

「はい。少々お待ちを」

番頭は奥に引っ込んだ。

ほどなく、内儀がやってきた。

金四郎は笠を心持ち上げた。

「お奉行さま」

内儀は恐縮した。

「じつは、子どもを助けた男が見つかった。政次郎という……」

「お奉行さま」

内儀が怪訝《けげん》な顔で口をはさんだ。

「その御方ならここに来ました」

「なに、来た？」

金四郎は耳を疑った。

「はい。確か、十三日だったと思います。三次《さんじ》という御方でした。お奉行から言われ、名乗ってきたと」

「助けに入った男に間違いないと思ったのか」

「ちょっと似ていないような気もしましたが、あのときは私も気が動転しておりましたので、見間違いだったと思いまして」

「三次の特徴は?」

「二十四、五歳。中肉中背で、丸顔でした」

「まさか、謝礼を求められなかったか」

「それはありませんでしたが、焼け出されてお金がないので、お金を貸してもらいたいと頼まれ五両を……」

「貸したのか」

「はい。まさか……」

内儀は目を剥いた。

「成り済ましだ」

「ひぇえ」

内儀は悲鳴を上げた。

「男の住まいは?」

「小柳町の長屋だそうです。焼け出されたので、知り合いのところを転々としていると言ってました」

内儀の顔がだんだん強張ってきて、

「お奉行さま、許せません。三次って男を捕まえてください」

と、泣き声で訴えた。

「必ず捕らえる。あとで同心を寄越す」

「はい」

金四郎は政次郎のあとについて行った男を思いだした。中肉中背のようだったが……。

ひとの善意につけ込むとは許しがたい。金四郎は怒りを抑えきれなかった。

第三章　襲撃

一

翌日の朝、金四郎《きんしろう》は呉服橋御門《ごふくばしごもん》内の奉行所から駕籠《かご》で登城した。

大手御門を入り、下乗橋《げじょうばし》に駕籠から下り、三の御門をくぐる。甲賀百人組の番所の前を過ぎ、中の御門を経て、本丸大玄関への最後の門中雀門《ちゅうじゃくもん》に出る。

中雀門をくぐったとき、前方に、侍ふたり、草履取ひとり、挟箱《はさみばこ》持ひとりを連れた矢部《やべ》定謙《さだのり》の一行がいた。

金四郎が千鳥破風《ちどりはふ》の屋根の大玄関に辿り着いたとき、矢部はすでに玄関の式台を上がり、二間半の廊下を奥に向かっていた。

金四郎も式台に上がり、長い廊下を中之間に行った。すでに寺社奉行や大目付の姿があった。

金四郎は矢部の近くに腰を下ろした。いつもなら、すぐ声をかけてくるのだが、きょうの矢部は虚脱したように畳の一点を見据えていた。

「矢部どの」

金四郎は声をかけた。

「ああ、遠山《とおやま》どのでござるか」

「どうかなさいましたか」

「いや、なんでもない」

矢部は笑ったが、笑みは長く持たなかった。

「遠山どの、きょうは？」

またも、金四郎の用向きをきいた。

「おそらく芝居町の件だと思います」

「また、芝居町か」

矢部は呟《つぶや》く。

「越前《えちぜん》どのは、わしを一切無視し、遠山どのだけを相手にしている」

「…………」

金四郎はかけるべき言葉を見いだせなかった。

矢部罷免に向けての動きが激化していることに動揺しているようだ。最初はたいしたことではない、乗り越えられると踏んでいたが、ここにきて周到な準備がなされていることに気づいたのかもしれない。

それとも、何か反駁《はんばく》出来ない弱みを握られたのだろうか。

「越前どのは、やはりわしを……」

「矢部どの、要はなぜ勘定奉行でありながら支配違いの不正事件を調べたのか、また五年前のことをなぜ今年になって蒸し返したのか。さらに、お奉行就任後、なぜ堀口六左衛門《ほりぐちろくざえもん》という同心を重用したのか。この三点での弁明に尽きると思います。この三点につき、よくよく弁明をお考えのほどを」

金四郎は小声で説いた。

「かたじけない」

矢部は弱々しく応じた。

しばらく経《た》って、老中水野《みずの》忠邦《ただくに》から呼び出しがあり、金四郎は老中の用部屋に行った。忠邦は金四郎を一瞥《いちべつ》し、

「芝居小屋所替えの件である」

不機嫌そうに切り出したが、そのまま押し黙った。

先日、家慶《いえよし》に召しだされ、意見を求められた際、芝居小屋の移転に反対の旨を述べた。最初は所替えに賛成していた家慶はついには金四郎の意見に従うようになった。家慶が考えを覆したことで、忠邦は金四郎に何か意趣返しをしようとしているのか。

金四郎は忠邦が口を開くのを待った。

我慢比べが続いたが、忠邦が咳払《せきばら》いをし、

「上様は、そなたの言い分に影響され、所替えの件は考え直すようにと仰せになった」

と、静かだがはっきりした口調で言い出した。

「そこで、そなたの上申書をよくよく検討した結果、そなたの申し条、まことにもっともである」

金四郎は忠邦の言葉を意外に聞いたが、すぐこのままでは終わるわけはないと気を引き締め、次の言葉を待った。

「ことに、芝居が市中の風俗に悪影響を与えているという点に関して、辺鄙《へんぴ》な場所に移転させようが、どこにあっても与える影響は同じであること、まことにもっとまである。さらに、芝居小屋を繁華な地から辺鄙な地に移転しても、芝居と関わる料理屋などもいっしょに移転し、今度はその地が繁華になる。結局、所替えしようがしまいが、同じことになる」

忠邦がこのように素直に自説を撤回するとは思えない。まさか、こちらの言い分を逆手にとって、と金四郎は不安になった。

果たして、忠邦はやや声を高め、

「そこで、この際、所替えではなく、芝居小屋を取り潰すことにした」

「取り潰す？」

金四郎は聞きとがめた。

「お待ちください。芝居小屋を取り潰せば、芝居に関わって生計を立てている大勢の者たちが路頭に迷うことになります」

「以上だ。ごくろう」

忠邦は一方的に会談を終えようとした。

「芝居は江戸の人々にとって生活の一部といっていいほどです。ひとの暮らしは働くばかりでなく、憩いを求めてこそ生きがいが生まれましょう。その楽しみを奪うことは……」

「遠山どの。この件は、上様に言上ののち、改めて話し合う。下がってよい」

忠邦は金四郎を無視し、新たな書類を手にした。

金四郎は引き下がらざるを得なかった。

金四郎は元の中之間に戻った。矢部定謙が端然と座っている。周辺にはひとがおらず、矢部を避けているように思える。これも忠邦の差し金に違いない。もう、矢部は罷免される。そんな噂《うわさ》が広まっている、いや忠邦が流しているのだ。

金四郎はあえて矢部のそばに腰を下ろした。

「遠山どの。妙な雰囲気でござるな」

「………」

「誰もわしに近づいてくる者はおらぬ。まるで、もうわしは南町奉行ではないような扱いだ」

「矢部どの」

「なに、同情は無用ぞ。わしは越前ごときには負けぬ。最前、遠山どのからご教示賜ったこと、しかと考えて対抗する所存」

矢部は闘志を見せた。

「その気概に安堵《あんど》いたしました」

「うむ」

矢部は頷《うなず》いてから、

「そうそう、先般の付け火と押込みの一味を捕まえたそうだ」

と、教えた。

「そうですか。捕まりましたか」

金四郎が安堵したのは、政次郎《まさじろう》に微《かす》かな疑いを持っていたからだ。なぜ、あの時間に火事の現場にいたのか。その不審が火付け盗賊と結びついたのだが、これで政次郎への疑いは晴れたのだ。

ただ、政次郎は何か秘密を抱えている。それに、成り済ました男の件もある。このことは見過ごせなかった。

下城し、溜まっている書類を調べていると、駒之助《こまのすけ》がやって来た。

「わかったか？」

「はっ」

駒之助は低頭した。

駒之助に火盗改《かとうあらため》の役宅まで事情をききに行かせたのだ。

「火盗改与力の富坂鍬太郎《とみさかくわたろう》どのにお会いしました。火盗改が付け火をしたとして捕らえたのは基吉《もときち》という二十一歳の男です。医者の良元《りょうげん》のところに、母親が胸を押さえて苦しがっているので診てくれと駆け込んできたのですが、良元は往診を断ったそうです。翌日、もう一度基吉がやって来て、母親が死んだと告げたそうです。すぐ診てくれたら、助かったかもしれないと、大声で騒いだようです。このことから、火盗改は基吉に目をつけ、先日柳橋の仕出屋で出前持ちをしていた基吉を捕らえ、取り調べを続けていたそうです」

「基吉は素直に自白したのか」

「どうやら激しい拷問があったようです」

「拷問か」

火盗改は少しでも怪しいと思えば躊躇《ちゅうちょ》なく捕らえ、拷問にかけて口を割らせる。そういう荒っぽいやり方が許されているのだ。それは火付けや盗賊という極悪人を相手にしているからだ。

「基吉は仲間の名も話したのか」

「いえ。まだだそうです。ただ、自分が火を付けたことだけは白状したそうです」

「ほんとうに基吉は付け火をしたのか」

金四郎は疑問を持った。

夕方になって、金四郎は奉行所を忍び出て、下谷の三味線堀の近くにある榊原亀《さかきばらかめ》之助《のすけ》の屋敷に向かった。

行き先はこの屋敷の隅にある仁斎《じんさい》という朱子学の学者の家だ。内弟子の政次郎に会うためだった。

榊原亀之助の屋敷に着いた頃には陽が落ちていた。

金四郎が仁斎の家を訪れると、政次郎は文机《ふづくえ》に向かって書物を読んでいた。

「遠山さま」

政次郎は不思議そうな顔をして出てきた。

「どうぞ」

「すぐ終わる。ここでいい」

金四郎は土間に立ったまま、

「きのう、あのあと、『酒田屋』に寄った。すると、あろうことか、今月の十三日に、子どもを助けた者だという男がやって来たそうだ」

「えっ？」

「現れただけではない。火事で焼け出されたからと言い、五両を借りて行ったという」

「…………」

政次郎の顔が強張《こわば》った。

「男は三次《さんじ》と名乗り、中肉中背、丸顔だったという。政次郎、心当たりはあるか」

「いえ」

政次郎は首を横に振った。

「そなたが誰かに話したのではないのか」

「いえ、一切話していません」

「三次と名乗った男は、そなたが男の子を助けたのを見ていたのであろう。それで、成り済ましたのだ」

金四郎は政次郎を睨《にら》み据え、

「ほんとうに心当たりはないのか」

「へえ、ありません」

「あのとき、そなたの近くに若い男がいた。気づかなかったか」

「まったく覚えていません」

「政次郎」

金四郎は口調を改めて呼びかける。

「へい」

政次郎は低頭する。

「あのとき、なぜ、そなたは逃げるように立ち去ったのだ？」

「きのうも申しましたが、当たり前のことをしただけで、礼を言ってもらいたくてやったわけではありませんので」

「もし、あのとき、そなたが留まって助けた母親に会っていたら、成り済ましの者に騙《だま》されるようなことにはならなかったのだ。子どもの命の恩人に頼まれたら金を貸すしかないだろうからな。母親は騙されたと知ってかなり落ち込んでいた」

「申し訳ないことをしたと思います」

政次郎は俯《うつむ》いた。

「あの火事場で、誰か知った人間に会わなかったか」

「いえ」

「ほんとうだな」

「はい」

何かを隠していると思ったが、それ以上の追及は出来なかった。

「男の子の母親はすぐにでもそなたに礼に来たいところだろうが、騙されたことの衝撃からすぐ立ち直れそうもない。もうしばらく、あとになるだろう」

「………」

政次郎は黙って頷いた。

金四郎は仁斎の家をあとにし、榊原亀之助の屋敷を出た。

すっかり辺りは暗くなっていた。煙草《たばこ》売りの姿に身を変えた忠兵衛《ちゅうべえ》が後ろから近づいてきた。

「政次郎は必ず動く」

「はっ」

そのまま、煙草売り姿の忠兵衛は金四郎を追い抜いて行った。

向柳原からに新シ橋《あたらしばし》に差しかかったとき、同心の百瀬《ももせ》多《た》一郎《いちろう》と繁蔵《しげぞう》が橋を渡って来るのに出会った。

「遠山さま」

多一郎は素早く気づいて会釈をした。

「先日の若者はどうした？」

「それがどこに逃げたか皆目わかりません」

多一郎は平然と答えた。

「そうか、北町の隠密《おんみつ》同心が居場所を摑《つか》んでいる。教えてもらうがよい」

金四郎はあえて脅すように言った。

「いえ、それには及びません」

多一郎はあわてて言う。

「そうか。それより、火盗改が捕まえた男が良元の家の付け火を白状したそうだな」

「はい、聞きました。でも……」

「でも、なんだ？」

「私は疑っています」

「疑う？」

「捕まった基吉は柳橋の仕出屋で出前持ちをしていました。火事のあとも変わった様子はなかったようです。住み込んでいる部屋の持ち物から金は出てこなかったんです。基吉は拷問に耐えきれずに相手与力の言いなりに口にしたのだと思います」

「その他にも、基吉ではない根拠があるようだな」

「じつは、今こっちで目をつけている男がいます」

多一郎は打ち明けた。

「神田佐久間町《かんださくまちょう》一丁目に住む大工の新助《しんすけ》です。博打《ばくち》好きで、金貸し徳蔵《とくぞう》から金を借りていました。火事が起こったのは返済の期限日です。その後、遊廓《ゆうかく》で身分不相応に遊んでいます」

「そのことを、火盗改に話したか」

「いえ。もう少し証《あかし》が揃《そろ》ってからと思いまして」

「よし、至急、証を揃えるのだ。もし、確信がついたら、奉行の矢部どのに訴えて火盗改に掛け合い、基吉を助けるのだ」

「わかりました」

多一郎は低頭してから、

「遠山さま」

と、窺《うかが》うような目で、

「矢部さまに何やら怪しい噂が流れております。いかがなりましょうか」

「なぜ、わしにきく？」

「遠山さまが五年前の不正事件をお調べとお聞きしましたもので」

「誰かから聞いたな？」

「いえ、それは……」

多一郎はうろたえた。

「矢部どのに疚しいところはない。案じることはないはずだ。そのようなことに関わりなく、自分のお役目を果たすのだ」

金四郎は言い終えて、多一郎と別れた。

ひょっとして、鳥居《とりい》耀蔵《ようぞう》は奉行に就任することを前提に、南町奉行所の与力・同心の取り込みを図っているのではないか。

百瀬多一郎はすでに取り込まれているのかもしれない。矢部包囲網が完全に出来上がっている。金四郎は愕然《がくぜん》とするしかなかった。

二

多一郎は遠山と別れたあと、大きく深呼吸をした。脇《わき》の下にびっしょり汗をかいていた。この前もそうだった。遠山と会ったあとはぐったりする。

「旦那《だんな》、汗をかいていますぜ」

繁蔵が不思議そうに言う。

「なんでもねえ」

多一郎は吐き捨てる。心の中を見透かされているようで、遠山に睨まれると思わず萎縮《いしゆく》してしまうのだ。

それにしても、遠山はなぜそんなにお忍びで外に出てくるのか。

「旦那、行きますかえ」

まだ突っ立っている多一郎を、繁蔵が促した。

神田佐久間町一丁目にやって来た。斎太《さいた》朗店《ろうだな》の木戸を入る。一番奥の、腰高障子に鉋《かんな》と鑿《のみ》の絵が描かれた家の前に立った。

「ごめんよ」

繁蔵が戸を開ける。

「なんだね」

奥から声がした。

多一郎と繁蔵は土間に入った。

「これは……」

新助はあわてて上がり框《がまち》まで出てきた。

「新助だな」

繁蔵がきく。

「へい」

新助は畏《かしこ》まって、

「あっしに何か」

と、きいた。

「出かけるのか」

新助は腹巻を外し、着流しになっていた。

「へえ、まあ」

「美鈴《みすず》のところか」

「えっ」

新助は狼狽《ろうばい》した。

「どうやら図星らしいな」

「どうして……」

新助は不思議そうな顔をした。

「ちょっとききたいことがある。ここじゃ、話はできない。自身番まで来てもらおう」

「あっしが何を？」

新助の顔が強張った。

「来ればわかる」

「でも、これから出かけなくては……」

「つべこべ言わずに来るんだ。来なければ、大番屋にしょっぴく」

繁蔵が脅すと、新助はすくみ上がった。

渋々と新助は土間におり、路地に出た。

長屋の住人が飛び出してきた。

「違う、俺は何もやってねえ」

新助は叫ぶ。

長屋木戸を出て、神田佐久間町一丁目の自身番に向かった。

屋根に火の見があり、纏《まとい》や鳶口《とびぐち》、竜吐水《りゅうどすい》などが用意されている。反対側には刺股《さすまた》などの捕物道具。

玉砂利を踏んで、自身番の中に繁蔵が声をかける。

「奥を借りるぜ」

「これは親分さん。あっ、百瀬さま」

詰めていた大家が頭を下げた。

畳敷きの三畳間に、大家の他に町で雇った番人や書役などがいる。その奥の板敷きの三畳に、新助を連れ込んで、多一郎と繁蔵は新助と向かい合った。

「新助」

多一郎が鋭く言った。

「はい」

「そなた、神田小柳町の金貸し徳蔵から金を借りていたな」

「へい」

返事まで一拍の間があった。

「いくら借りた?」

「一両です」

「返したか」

「…………」

「どうなんだ?」

「返していません」

「なぜ、返さない？　返済期限はいつだ？」

「今月の十日でした」

「そうだ。もうとっくに返済期限は過ぎている」

「へえ」

「なぜ、返さない？」

「返すつもりでした。でも、あの火事で徳蔵の家が焼けちまったんで……」

「そうだ。家は焼けて徳蔵も死んだ」

多一郎はじわじわと締めつけるようにきく。

「へい。それで返しそびれました」

「返すつもりだったのか」

「そうです。十日にお金を持って行くつもりでした。でも、その日の朝に焼けちまって」

「いくら返すつもりだった？」

「一両です」

「根津の『正木楼』に通っているな」

「へい」

「その軍資金はどうした？」

「……………」

「どうなんだ？」

「へえ」

「へえじゃねえ。ありてえに言うんだ」

「旦那。いってえ、なんのお取り調べですかえ。あっしは借りた金を返さなかったわけじゃありません。返す先が焼けちまったから返していないだけです」

「新助」

多一郎はぐっと顔を突き出し、

「おめえの疑いは付け火と押込みだ」

「なんですって」

新助はのけ反った。

「いいか、俺たちは徳蔵の家に押し込んだのは徳蔵から金を借りている人間だと睨んだ。そして、ほとぼりが冷めた頃、豪遊するだろうとな。そしたら、まさにおまえが浮かび上がったんだ」

「………」

「根津で遊ぶ金は徳蔵の家から盗んだのだ」

「違います。あっしは違います」

「違う」

新助が叫んだ。

「あの金は博打で勝ったんだ」

「そんな嘘《うそ》が通用すると思うのか」

「ほんとうです。ほんとうに金を返しに行くつもりでした。そしたら、火事になって徳蔵さんの家が焼けた。火事から三日後に徳蔵さんが死んで証文も焼けたことを知りました。あっしはついていると思った。返すために用意した一両がまるごと俺の手に入ったんです。あっしはこのつきを生かそうとして賭場《とば》に」

新助は真顔で訴える。

「ほんとうにつきまくって二十両の儲《もう》けです。火事のおかげで仕事が舞い込んできた。だから、評判の根津の『正木楼』の美鈴って女に会いに行く気になったんです」

「いい加減なことを言うな」

「嘘じゃありません」

「賭場で儲けたという証はあるのか。賭場はどこだ?」

「それは……」

「どうした?」

「賭場の場所は言えねえ。皆に迷惑がかかってしまいます」

「見え透いた言い訳はやめるんだ」

「信じてください」

新助は泣き声で訴える。

「賭場の場所は教えられない。けど、博打で勝った。そんな都合のいい話を信用出来ると思うか」

「………」

新助はうなだれていたが、ふいに顔を上げた。

「そうだ」

新助は身を乗り出し、

「賭場を引き上げるとき、遊び人ふうの男といっしょになった。ときたま、賭場で顔を合わせた三次って男だ」

「三次？」

「そうだ。がっしりした体格の男だ」

「三次はどこにいるんだ？」

「わかりません」

「やい、新助」

黙って聞いていた繁蔵が新助の胸倉を摑んだ。

「てめえ、いい加減なことばかり言いやがって」

「ほんとうです。信じてください」

「待て、繁蔵」

多一郎は引き止める。

泣き声で訴える男にあのような大それたことが出来るか疑問に思った。この男の情けない姿は芝居とも思えない。

「よし、きょうのところは帰してやる。いいか、もし逃げやがったら、おまえはもうおしまいだ。わかっているな」

「へい」

「賭場の場所は言わなくていい。だが、賭場からいっしょだった三次とはどこで別れたか言うのだ。おまえの無実を明かしてくれる男だ」

多一郎はきいた。

「二ノ橋を渡ったところで別れました。そのまま、三次さんは亀沢町のほうに」

「賭場は深川か」

「…………」

「心配するな。賭場を探したりしない」

「へえ」

「ところで、三次はなぜ、おまえに声をかけたんだ?」

「あっしがつきまくっていたんで、つきのおすそ分けを願いたいと。なんだか、ずいぶん馴《な》れ馴《な》れしい男でした」

「以前に会ったことは？」

「いえ」

「どんな顔つきだ？」

「眉が濃くて、目が細かったようです」

「よし。じゃあ、帰っていい。だが、身分不相応に遊ぶんじゃない。いいか」

「へい」

新助とともに自身番を出た。

新助と別れたあと、

「いいんですかえ」

と、繁蔵がきく。

「どうも大それたことの出来る男には思えない。奴の言っていることはほんとうかもしれぬ」

「でも、とんだ食わせ者かもしれませんぜ」

「うむ。ともかく、本所界隈《ほんじょかいわい》を探してくれ」

「わかりやした」

繁蔵は新助への疑いを消していないようだった。

多一郎が八丁堀《はっちょうぼり》の組屋敷に帰ったとき、客が待っていた。

多一郎が客間に行くと、三十そこそことも四十を超しているとも見える大きな鼻の侍が尊大な態度で待っていた。

「本庄《ほんじょう》さま。お待たせしました」

多一郎は名を呼んで侍の前に腰を下ろした。

「勝手に待たせてもらった」

本庄茂平次《もへいじ》は人懐こい笑みを浮かべ、

「別に用があったわけでない。ただ、近くまで来たので、一目会っておこうと思ってな」

茂平次は鳥居耀蔵の家来だ。もとは長崎の地侍だったが、耀蔵に認められて家来になり、今では一番信任の厚い男らしい。

徒目付《かちめつけ》から聞いたところでは、目端が利き、耀蔵が考えていることを素早く察し、すぐ手を打つという。

多一郎の前に現れたのも、茂平次が先読みしたのだろう。はじめて町で声をかけられたとき、茂平次はこう言った。

「ここだけの話だが、いずれ南町奉行は矢部さまに代わり我が主人鳥居さまがおなりになる。その際、当然俺は内与力として南町に入ることになるが、その前に仕事の出来る者と誼《よしみ》を通じておきたくてな。町中での日頃の仕事振りを見て、そなたしかいないと思ったのだ」

ひとの歓心を買うことをさりげなく言った。

そして、茂平次は真の狙いを話した。

「矢部さまがお辞めになって我が殿がお奉行になっても南町の方々はなかなか受け入れがたいであろう。それでは、改革という仕事に差し支える。だが、百瀬どのがおられれば、その心配はいらぬ」

ようするに、鳥居耀蔵が南町奉行として赴任してきたら、奉行所の人間が温かく迎えるようにしろということだ。

否応《いやおう》もない。鳥居耀蔵がお奉行になるのならその下で働かなくてはならないのだ。

きょうで茂平次と会うのは三度目である。二度目も町で声をかけられた。

「本庄さま」

多一郎は呼びかけ、

「北町の遠山さまは、矢部どのに疚しいところはない。案じることはないはずだ、と仰《おっしゃ》っておいででした。ほんとうに鳥居さまがお奉行に？」

「間違いないことだ。それより、遠山さまに会われたのか」

「はい」

「なぜ、北町奉行所に行ったのだ？」

「いえ、奉行所であったのではありません。新シ橋でばったりお会いしました」

「新シ橋だと？　なぜ、遠山さまはそのような場所に？」

茂平次は不思議そうにきいた。

「事情はわかりませんが、遠山さまはときたまお忍びで外出されているようですね。私は二度、お会いしました」

「お忍び？　供は？」

「おひとりでした」

「まさか、お奉行がひとりで外出だと？　信じられぬ。ほんとうに遠山さまだったか」

「間違いありません」

「うむ」

茂平次は腕組みをした。遠山がひとりで外出したことが、それほどの重大なことなのだろうか。

確かに、旗本の殿さまが供も連れずにひとりで外出することなど考えられない。しかし、遠山がお忍びで外出していたのは事実だ。

「外出した理由に想像はつかぬか」

茂平次は腕組みを解いてきいた。

「さあ」

多一郎は首を傾《かし》げたが、なぜ、茂平次がそのことを真剣に考えるのか、そのほうがよほど不思議だった。

「遠山さまのお忍びに何か問題でも？」

「いや、そうではない。あまりにも異例のことなので驚いたのだ」

茂平次は取り繕うように言い、

「さてと、引き上げるといたすか」

「まだ、よろしいではありませぬか」

多一郎は引き止めた。茂平次は鳥居耀蔵のお気に入りであり、鳥居は水野忠邦と深く結びついている。この際、いろいろなことに探りを入れてみようと思ったのだ。

だが、そそくさと茂平次は引き上げて行った。遠山がお忍びで外出しているということが茂平次の気持ちを揺り動かしたようだ。

遠山の外出のわけが問題なのだろうか。多一郎は、改めてそのわけを考えた。

三

翌日の昼下がり、金四郎は忠兵衛から報告を受けた。

「政次郎は三河町一丁目にある又兵衛店《またべえだな》という長屋に入って行きましたが、すぐ出て来ました。相手は留守だったようです。どうやら、勘平《かんぺい》という男を訪ねたようです」

「勘平というのは？」

「二十四歳の小間物の行商をしていた男なのですが、大家には今月の十四日から仕事で遠くに行くと言っていたそうです」

「まだ帰っていないのか」

「はい」

「政次郎はその男が十四日から留守にするとは知らなかったのだろうか」

「大家の話では、四、五日で帰ると言って出かけたと言います。政次郎ももう帰っていると思っていたのではないでしょうか」

「勘平の特徴は？」

「中肉中背で丸顔のようです」

「『酒田屋』に現れた三次に似ているな」

　金四郎は勘平が三次と名乗った男にまず間違いないだろうと思った。そして、あのとき、政次郎の近くにいた男も勘平だったのかもしれない。

「お奉行、じつは又兵衛店を出た政次郎は須田町一丁目の町医者良元の家に向かいました」

「良元の家?」

「仮小屋が出来て、良元の妻女らが住んでいます。政次郎はおしんという女中を訪ねました。でも、おしんは今は実家に帰っていると、良元の妻女は言っていました」

「確か、おしんは出火をいち早く発見して、家人に知らせた女中だったな」

「はい。厠《かわや》に起きたとき、火の手を見たそうです。しかし、良元だけは前夜の飲酒のせいで起きられなかったということでした」

「おしんの実家はどこだ?」

「妻女は知らないそうです。おしんは良元が年季奉公で雇った女中だそうで……」

「良元が決めた?」

「良元はおしんに迫っていたそうです。妾《めかけ》にするつもりだったとか」

「妾か……」

金四郎は頭の中で何かが弾けそうになった。だが、不発に終わった。

「政次郎は、勘平の行方をおしんが知っていると思ったのか」

気を取り直して、金四郎はきく。

「そうだと思います。念のために、妻女に勘平のことをききましたが、知らないということでした」

「で、政次郎はどうした？　諦めて引き上げたか」

「はい。引き上げました」

「どうも妙だな」

金四郎は考え込んだ。

「そなたがきいたのは良元の妻女だけか、それとも他に？」

「いえ、妻女だけです」

「そうか」

金四郎は考えこんだ。

良元は女癖が悪いようだ。女中に手をつけようとした。おしんはいやがっていただろう。だが、年季奉公の契約から女中をやめるわけにはいかなかった。

良元の妻女は良元がおしんを我が物にしようとするのを黙って見ていたのだろうか。何も口出し出来なかったのか。

金四郎がかねてから引っかかっていたのは、なぜ政次郎が火事現場にいたのかだ。

政次郎の説明はいま一つ納得できなかった。

そして、今度は勘平という男が浮かび上がった。勘平もまたあのとき現場にいたと思える。そして、今度はおしんだ。

付け火された家の女中で、出火をいち早く発見した女だ。この三人は関わりがあるようだ。

少なくとも、勘平とおしんは関わりがあると、政次郎は思っているのではないか。

金四郎は目を剝《む》き、

「勘平とおしんのことを調べ上げるのだ。わしは政次郎に会う。あの男は何かを隠している」

「はっ」

忠兵衛が引き上げたあと、金四郎は駒之助を呼んだ。

「火盗改与力の富坂鍬太郎に会い、基吉の取り調べをもう一度やり直すように言うのだ。自白に間違いないかもう一度よく確かめるように言うのだ。拷問によって、嘘の自白をしたかもしれぬ」

「わかりました」

駒之助はあわただしく出て行った。

金四郎もまた立ち上がった。


一刻（二時間）後、奉行所を忍び出た金四郎は、下谷の榊原亀之助の屋敷にやって来た。木戸門を入り、仁斎の家に向かった。

戸を開け、訪問を告げると、仁斎が直々に出てきた。

「政次郎に会いたいのだが」

深編笠をとって金四郎が言うと、仁斎はまたも目をぱちくりさせながら、

「今朝、早くから出かけました」

と、答えた。

仁斎には名乗っていないが、こちらの素性に気づいているようだ。

「どこへ行ったのであろうか」

「巣鴨村《すがもむら》とか」

「巣鴨村にはなにが？」

「さあ」

仁斎は首を横に振ったあと、

「政次郎が何か」

と、心配そうにきいた。

「去る今月十日未明、神田須田町の出火の際、政次郎は人助けをした。そのことで、話を聞きに来ている」

曖昧《あいまい》な答えに仁斎は反論することなく、

「政次郎はその火事以来、いつも何かに思い悩んでいる様子だった。人助けとは、どこかそぐわぬが……」

「何かに思い悩んでいる様子？」

勘平のことか。

政次郎は良元のところの女中おしんをどうして知っているのか。

「勘平という男をご存じではないか」

「小間物屋の勘平ですか」

「どうして、知っていなさるか」

「榊原どののお屋敷にも出入りをしています」

「なるほど。ところで、どういうわけで、政次郎は仁斎どののところに？」

「榊原どのから頼まれたのだ」

「政次郎は榊原亀之助どののとどういう関係があるのかご存じか」

「いや、聞いていません」

仁斎は首を横に振った。

「また、政次郎がいるときに出直す」

金四郎が礼を言い、踵《きびす》を返そうとしたとき、

「遠山さま」

と、仁斎ははじめて名を呼んだ。

「人助けをしただけで、遠山さまが何度も政次郎に会いにくるのは解せませぬ。政次郎に何か疑いが？」

「なぜ、そのように思われる？」

金四郎は逆にきいた。

うっと、仁斎は返答に詰まったが、

「じつは、政次郎の心に巣くう闇が気になりました」

「心の闇?」

「あの男は常に大きな苦悩を抱えているように思えます。わしなどからしたら、学問を学ぶより寺に籠もったほうがいいのではないかと思うことがあります」

「何があったのであろうか」

「夜中に、ときどきうなされている声が聞こえることがあります。ここに来てから二年近くなりますが、いまだに続いています」

「………」

金四郎は政次郎の秘密の一端を知ったような気がした。政次郎がうなされるほどのこととは、やはりひとの生死に関わったことではないか。

その過去と今回のことが結びついているかどうかわからないが、政次郎の過去を知りたいと思った。

金四郎は仁斎の家を出てから、榊原亀之助の屋敷の玄関に向かった。

「お頼み申す」

金四郎が声をかけると、すぐ年配の武士が出てきた。

「拙者、遠山金四郎と申す。榊原どのにお目にかかりたいのだが、おられるか」

「申し訳ございません。まだ、戻っておりません」

「さようか。では、改めて参る」

「はっ」

用人らしい侍は深々と頭を下げた。

金四郎は屋敷を出て向柳原のほうに向かう。

三味線堀に差しかかったとき、前方から政次郎がやって来るのに気づいた。やや俯き加減に、すたすたと歩いて来る。

金四郎は政次郎の前に出た。政次郎は驚いたように立ち止まった。

「政次郎」

深編笠を指で押し上げ、金四郎は顔を見せた。

「遠山さま」

政次郎は呟くように言う。

「そなたを訪ねたら、仁斎どのが巣鴨村に出かけたと話していた。巣鴨村にはどんな用があったのだな」

「たいしたことではありません」

「勘平かおしんに絡むことではないのか」

「………」

政次郎は顔色を変えた。

三味線堀の近くに移動し、

「政次郎。勘平は小間物屋だそうだが、親しい間柄なのか」

「いえ、ときたま榊原さまのお屋敷にやってきますので、そんなときに顔を合わせていますが、特に親しい間柄ではありません」

「では、今月十日未明、火事場にふたりがいたのは偶然か」

「………」

政次郎は目を見開いた。

「政次郎、そなたは隠し事をしているな」

「いえ」

「三次と名乗って、助けた男に成り済ましたのは勘平ではないか。そんな芸当が出来るのは、あの場面を見ていた者だけだ」

金四郎は政次郎の顔を見据え、

「そなたは、なぜ良元の家の女中おしんを訪ねたのだ？」

と、迫った。

「別にたいしたことではありません」

「たいしたことではないのなら話しても構わんだろう」

「いえ、お話しするようなことではありません」

「出火をいち早く発見したのが、おしんだ。だが、他の者は逃げたのに、良元だけが焼け死んだ。前夜、良元はかなり酒を呑《の》んだそうだ。そのため、起きられなかったのだ」

「…………」

「おしんは良元から言い寄られていたそうだ」

「遠山さま。あっしはおしんさんのことはよく知りません」

　政次郎は否定した。

「では、なぜ、おしんを訪ねた？　勘平がおしんといっしょにいると思ったからではないか」

「…………」

「政次郎、よく聞け」

金四郎は鋭い声を発し、

「火盗改は付け火の疑いで基吉という若い男を捕まえた。自白をしたが、拷問の末の自白だ。しかし、自白したことの重みは大きい。このままなら、基吉は火炙《ひあぶ》りの刑になろう。基吉は無実のまま処刑されるのだ」

「遠山さま」

政次郎は苦しそうな声で、

「もう少し、時間をください」

「時間だと?」

「はい。どうかしばらくのご猶予を」

「なぜだ?」

「…………」

「勘平に会って何かを確かめるのか」

「…………」

政次郎は苦悩に満ちた顔をしたまま口を真一文字に結んだ。

金四郎はため息をついた。

「いつまでだ？」

「二、三日」

「よし、必ずそのときにすべてを話してもらう」

「わかりました」

政次郎は約束した。

「ひとつ、教えてもらいたい」

金四郎は政次郎を呼び止める。

「榊原亀之助どのとはどういう間柄だ？」

「あっしの父親が榊原さまのお屋敷に奉公していました。失礼します」

政次郎は会釈をして去って行った。

その後ろ姿を見送りながら、足の運びや背中の伸びている姿勢などからやはり政次郎は武術の心得があると思った。

金四郎はようやく歩きだした。気がつくと、辺りはもう薄暗くなり、一段と冷え込んできた。

向柳原から神田川に出る。新シ橋に差しかかったとき、前方からふたりの浪人が歩いてきた。

ふたりとも屈強な体つきだ。金四郎は橋を渡る。前方の浪人も橋を渡ってきた。金四郎は殺気を感じ、刀の鯉口《こいぐち》を切った。橋の真ん中ですれ違った刹那《せつな》、背後から浪人が斬りつけてきた。

金四郎も振り向きざま相手の剣をはね上げ、返す刀で相手の二の腕を斬る。うっと呻《うめ》いて、浪人は後退《あとずさ》った。

「何者だ」

金四郎は誰何《すいか》した。

だが、もうひとりが上段から剣を振り下ろしてきた。金四郎はその剣を受け流し、体勢を崩したところに峰を返して肩を打ちつけた。

相手は悲鳴を上げてうずくまった。金四郎はその男に近付き、

「辻強盗《つじごうとう》とは思えぬ。誰かから頼まれたのか」

と、問い詰める。

もうひとりの浪人は二の腕を押さえて暗がりに消えていた。

「知らない男だ」

浪人は苦しそうに言う。

「どんな男だ？」

「饅頭笠《まんじゅうがさ》をかぶった裁《た》っ着《つ》け袴《ばかま》の侍だ」

「なんと命じられた？」

「深編笠をかぶった武士を斬れば十両やると言われた」

「誰をやれとは言われなかったのか」

「名は言わなかった。あんたが橋に差しかかったら、あの武士だと饅頭笠の男が教えた」

どうやら人違いではないようだ。遠山金四郎への襲撃だ。

屋敷を出るとき、何者かに見られているような視線を感じていた。ずっとつけていたようだ。

これまで多くの犯罪者を裁いてきた。そんな罪人の身内が金四郎に逆恨みから襲ったのか。

それはあり得ないと思った。

「よし、もういい。もう二度と金のためにひとの命を奪うような真似《まね》はするな。今回だけは見逃してやる」

「………」

浪人は不思議そうな顔をして笠の内を覗《のぞ》いた。

「早く手当てをせよ」

刀を鞘《さや》に納め、金四郎はその場を立ち去った。

橋を渡り切り、柳原の土手に出た。

そのとき殺気のするほうに目をやった。和泉橋《いずみばし》の方角、土手の上に饅頭笠の侍が立っているのがわかった。

金四郎はその男のほうに向かった。饅頭笠の侍はそのまま突っ立っている。金四郎はなおも前に進んだ。

そのとき、突然、饅頭笠の侍が抜刀し、剣を肩に担ぐように構え、凄まじい勢いで突進してきた。

金四郎は悠然と立ち、相手が迫った瞬間に鯉口を切り、右手を刀の柄《つか》にかけた。

相手の剣が振り下ろされるのを金四郎は足を踏み込みながら抜刀して弾いた。

体が入れ代わり、金四郎は素早く振り向いた。だが、敵は抜き身を下げたまま、走り去っていた。

金四郎は饅頭笠の男の後ろ姿を見送った。肩幅が広く、足が短い。だが、その動きは迅速だった。

俺を遠山と知っての襲撃だと、金四郎は思った。

四

その夜、水野忠邦の老中屋敷に鳥居耀蔵がやって来た。

「芝居町所替えの件、いかがあいなりましたか」

耀蔵がきいた。

「芝居町撤廃を持ち出すと、さすがに遠山も虚を衝かれて驚いていた」

忠邦はほくそ笑んだ。

「上様には?」

「撤廃を進言した。風俗の影響はどこに所替えしても変わらないという主張を逆手にとって、ならば撤廃すべきという考えに、さすがに上様は最初は難色を示されたが、諄々《じゅんじゅん》とお話しするうちにお考えも変わられてきた」

忠邦は自信に満ちながら、

「また、明日も上様に同じことを申し上げる」

「しかしながら、遠山の説き伏せにあえば、上様はお考えを変えられるのでは？」

「うむ、だから、上様には遠山を召しださないように釘《くぎ》を刺してある。この機に、いっきに撤廃に向けて突き進む」

と、自信を深めて言う。

「さて、それはいかがでしょうか」

耀蔵が異を唱えた。

「なに？」

忠邦は意外な面持ちで耀蔵の冷酷そうな顔を見返した。

「撤廃はいかがかと存じます」

「これはそのほうの言葉とは思えぬ。何事にも徹底的にやるべきだというのが、そのほうの考えではないのか」

忠邦は別人を見る思いできいた。

「確かに、何事も中途半端はいけませぬ。徹底的にやるべきです。しかしながら、この件に関しましてはいかがなものかと」

「なぜだ？」

「寄席の件がございます」

「うむ」

「寄席も撤廃を推し進めています」

以前より、寄席に絡めて問題になったのは女浄瑠璃《おんなじょうるり》であった。町人の間で娘に三味線を習わせることが流行《はや》り、その中で器量と腕のいい娘が寄席に出て女浄瑠璃語りとして人気を博した。

江戸勤番の武士が女浄瑠璃語りにのめり込んだり、妾にしたり風紀上の問題の他に、もともとは大道芸人と同じことを、大道ではなく金をとって寄席という場で町人身分の者が行なうようになり、身分制の上からでも問題とされた。

この女浄瑠璃による寄席人気のおかげで、幕府公認の操り芝居に客が入らなくなった。

「この寄席の撤廃も遠山が反対をしております」

耀蔵が言う。

「遠山は何もかも我らに敵対をしておる」

忌ま忌ましげに、忠邦は吐き捨てた。

芝居所替え同様、忠邦は遠山にも寄席に関わる状況を調べさせた。その報告での遠山の主張はこうだ。

女浄瑠璃はさておき、軍書講談、昔噺はその内容は勧善懲悪を主題としているので一般町人には仁義忠孝を教えるに絶好の場である。

また、寄席がなくなれば、芸人は生活の手立てを失う。今さら農民や商人、職人になれるわけはなく、生活に困窮すれば悪事に走るかもしれない。そうなれば、世の中の不安が増す由々しきことである。

さらに、寄席に足を運ぶ客は、大工や左官などの職人から日傭取《ひやとい》り、棒手振《ぼてふ》りなどの稼ぎの少ないものたちが多く、その者たちが仕事の疲れを癒し、明日への糧とするために寄席に行くのであり、そういう楽しみを奪うことはひとの心を歪《ゆが》め、ひいては悪事に向かわせることにもなりかねない。

遠山はこのように寄席の撤廃に反対しているのである。

「このまま、寄席と同様、芝居小屋も撤廃を振りかざしては遠山がどのような反発に出てくるかも知れません。いま大事なのは、矢部を追い落とすことでございます。矢部を辞めさせるためには遠山の存在がどうしても必要です」

耀蔵は熱く続ける。

「遠山はある意味策士でもあります。もし、遠山が反対している寄席と芝居を撤廃しようとしたら、遠山はどう出ると思われますか」

「どう出るというのだ？」

忠邦は微かに胸の辺りがざわついた。

「もし、私が遠山の立場なら、北町奉行を辞することを上様に言上いたします」

「奉行を辞める？　それはなおさら好都合ではないか。南町にそなた、北町に我らの意を汲《く》む者がなれば……」

「越前さま」

耀蔵が口をはさんだ。

「遠山は簡単には辞めませぬ」

耀蔵は膝《ひざ》を進め、

「遠山は上様にこう申し上げるに違いありません。南町奉行を鳥居耀蔵にするために矢部どのを罷免しようとなさる越前守さまに手を貸したくありませんと。職を辞する覚悟の遠山の訴えに上様はどうなさると思われますか。名奉行とご自分が讃えられた男がやっていられないと開き直って奉行を辞めようとするのを、さぞ驚かれるでありましょう。そして、必死に引き止めるはず」

「…………」

「そこで遠山はあることないこと上様に吹聴《ふいちょう》するでしょう。矢部どのに何の落ち度もないが、越前守さまと鳥居耀蔵が不正事件をでっち上げて追い落としを図っている。そう訴えたら、矢部罷免の画策が水の泡になりかねません」

「うむ」

忠邦は腕組みをして唸《うな》った。

「遠山はそこまでするか」

「追い詰め過ぎたら、最後の賭けに出ないとも限りません」

耀蔵は一拍の間を置いて、

「ご改革を進めるためにもいま大事なのは、矢部に代わり私が奉行職に就くことです。それがご改革を推し進める大きな力。そのためには、遠山に開き直られてはなりません。世間から見て、遠山が矢部の悪事を暴いて罷免に追い込んだ体にしなければなりません」

矢部失脚の矢面に遠山を立たせなければ、忠邦や耀蔵に非難が一斉に浴びせられる。

「そのためには、遠山を追い込んではなりなせぬ」

「…………」

「遠山を甘く見てはなりません」

「甘くなど見ておらぬ」

忠邦は憤然とし、

「芝居町の存続を認めろと言うのか」

と、耀蔵に声を荒らげた。

「いえ。芝居町の撤廃を示唆したことで遠山もあわてていることでしょう。そこで、撤廃を主張しながら、時機を見計らって撤廃をとり下げる代わりに所替えを認めさせるのです。芝居は存続させることになりますが、さらに辺鄙な場所に追いやる。寄席についてもすべて撤廃ではなく、寄席の数を絞って認めるのです」

「………」

「遠山が耐えうるぎりぎりでこちらも譲歩する。これによって、遠山の動きを牽制《けんせい》できます」

それにしても、なぜ、耀蔵はいきなりこのようなことを言い出したのだろうか。

忠邦はそのことをきいた。

「それは……」

耀蔵は言いよどんだ。

「どうした?」

「いえ」

耀蔵は珍しく苦い顔をして、

「最近、私の家来になった本庄茂平次という者がおります。この者、もともとは長崎の地侍でしたが、長崎にいられぬ事情があって江戸に出てきたようです。そのことはさておき、この者、なかなか使える男でして、私のためなら身命を賭する覚悟を持っています。私にとってよかろうと思うことは、自分の考えでどんどん進めていく男でもあります」

　耀蔵はいつもの冷酷そうな目を向け、

「今、この者には市中を歩き回って世情を調べたり、南町の同心に近づいて私が奉行につくときの地ならしをさせております。そんな茂平次が摑んできた情報では、最近、遠山がたびたびお忍びで外出をしているとのこと」

「なに、お忍びで外出？」

「それも、ときには供もつけずに」

「供もつけずとな」

　忠邦は呆《あき》れたようにきき返した。

「はい。用向きはわかりませんが、先日は下谷の御家人屋敷の片隅に住んでいる学者の仁斎の家を訪れたようです」

「はて、遠山が何の用であろうか」

　忠邦は気になった。

「そのことはさておき、お奉行が単独で町中を歩き回ることなど極めて危険なことと言わねばなりません。裁きで死罪になった者の仲間が逆恨みから襲わぬとも限りません。果たして」

耀蔵は半拍の間を置き、

「先日、柳原の土手で浪人に襲撃されたそうにございます」

「遠山が？」

「はい。もちろん、遠山は蹴散らしました。腕の立つ浪人だったそうですが、遠山には歯が立たなかったそうです」

「茂平次とやらの報告か」

「はい」

「茂平次がその現場に居合わせたということか」

「そうです」

耀蔵は平然と答える。

「どうやら、茂平次の仕業のようだな」

忠邦は顔をしかめた。

「いえ、茂平次はたまたま居合わせただけのようです」

「まあ、いい。しかし、遠山がいなくなれば矢部追い落としの矢面に立たせることが出来なくなるではないか」

「確かに、それは出来なくなります。なれど、死んだとなれば、また事情が変わりましょう」

「…………」

「お忍びで外出するなど不用心極まりないこと。奉行とは知らずに喧嘩《けんか》になったり、辻強盗にあったりと危険は山積しています。それなのに、遠山は怯《ひる》まず市中に出没している。よほど肝が太いと言わざるを得ません。そういう人間は追い詰められてもむざむざとやられやしません」

「…………」

「改めて、遠山という男を恐ろしいと思った次第であります」

耀蔵は微かにため息をついた。

遠山を襲ったのは茂平次であろう。耀蔵が命じたのか、茂平次が自分の考えでしたことかわからないが、失敗しては何もならない。

「先般の召馬預の馬乗りの件」

忠邦は思いだして切り出した。

「上様はわしの話に食い違いがあると仰った。馬乗りが子どもを蹴散らそうとしたのが原因だそうではないか。わしはそなたから、子どもの件は聞いていなかった」

「申し訳ありません。私も聞いておりませんでした」

耀蔵は顔色を変えずに言うが、聞いていないはずはない。仮に相手がそのことを隠して報告したとしても、耀蔵はそのことを見抜き、問い質《ただ》すはずだ。

耀蔵は都合のよいことだけを忠邦に話しているのだ。

「今後、わしには包み隠さず報告するように」

「わかりました。では、私はこれで」

耀蔵は深々と頭を下げた。

「待て」

忠邦は呼び止めた。

「遠山の外出の件だが」

「はい」

「今後もお忍びで外出するのであろうな」

「そうだと思います」

「ひとりでは危険だが、注意するほどでもあるまい。それから、芝居小屋撤廃の取り下げの件はもうしばらく先にしよう。もうよい、それだけだ」

忠邦が言うと、耀蔵の冷酷そうな目が鈍く光った。

「お任せください。では、失礼します」

耀蔵は引き上げた。

忠邦の謎を耀蔵が受け止めたことは間違いない。芝居小屋撤廃の取り下げをもうしばらく先にするのは、万が一遠山が不慮の死を遂げたら、取り下げる必要がなくなるからだ。

遠山を闇討ちにする。お忍びの外出なら、食いっぱぐれの浪人が辻強盗を働いたとして押し通せるはずだ。

奉行がお忍びで市中を歩き回ることはめったにない。襲った人間が奉行だとは考えもしないはずだ。

問題は遠山を倒せる剣客がいるかということだ。襲撃に失敗しても、背後関係がわからない剣客を選ばなければならない。

あとは耀蔵がうまくやるだろう。遠山を斃《たお》すことが出来れば、南北の奉行を自分の一派で固められる。

そうなれば、寄席や芝居も撤廃出来、今後は思う存分改革の大鉈《おおなた》を振るうことが出来るのだ。

そう思ったとき、はっとした。耀蔵は忠邦から遠山襲撃の許しを得たいために、あえて遠山が居直って奉行を辞める云々《うんぬん》の話をしたのではないか。

(耀蔵、そうなのか)

忠邦は耀蔵の得体の知れぬ無気味さに苦い顔をしたが、今の忠邦には耀蔵はかけがえのない味方であることは間違いなかった。

翌日、登城した忠邦は老中御用部屋で、たまっている書類を読み、すばやく処理をしていた。

「越前守さま、上様がお召しにございます」

御側御用取次が呼びに来た。

「上様が……」

家慶への御目通りを頼んでいたわけではない。わざわざの呼び出しは何かと不思議に重いながら、忠邦は立ち上がった。

老中御用部屋を出て、御座の間に赴くと、家慶は上座の間で脇息《きょうそく》にもたれて、少し憂鬱《ゆううつ》そうな顔をしていた。

忠邦は下座の間に控え、家慶が口を開くのを待った。

「越前」

家慶が口を開く。

「はっ」

忠邦は平身低頭する。

「芝居撤廃の件で、存続の嘆願書や老中への駕籠訴などがあったそうではないか。なぜ、このことを問題にせぬのだ？」

家慶が憂慮するように言う。

「はっ。なれど、いずれも正規な手続きに則《のっと》った訴えではなく、違法な駆け込み訴えでありまする。一々取り合っていたら、埒《らち》が明きません。また、そういう駆け込み訴えをする者はほんの一部の人間に過ぎませせぬ」

忠邦は一蹴《いっしゅう》した。

「しかし、芝居町を含む周辺の十三カ町からも存続の嘆願書が届いているそうではないか。これら町の者の声に耳を傾けるのも施政者としての務めではないか」

「恐れながら」

忠邦はすぐ言葉を返した。

「嘆願書の差出人は、料理屋や茶屋など己の儲けに絡む者たちばかりにございます。今回のご改革では、それらの儲けに走る者たちの考えを根本から変えさせることも必要と考えております」

「なれど、撤廃となったら、左衛門尉《さえもんのじょう》の言うように多くの者が暮らしに困ろう」

やはり、遠山に感化されているのだと、忠邦は思った。

「上様」

忠邦は静かに切り返した。

「左衛門尉は大衆に迎合した政をよきことと考えております。確かに、芝居が撤廃されて路頭に迷う者も数多く出るやもしれません。しかしながら、その者たちとて、即生活が立ち行かなくなるわけではありません。他の仕事に馴れるまでの期間、幕府としてもそれなりの補償を考えてのこと。左衛門尉が、明日からでも食いっぱぐれて、やがて悪事に走るようになるなど、悪いことばかりを吹聴していますが、決してそうではありません」

　忠邦は声を嗄《か》らして家慶を説き伏せる。

「しかし、左衛門尉は絶対に撤廃はあり得ないと申しておる」

「……………」

　耀蔵が言うように、芝居の撤廃は遠山を追い詰めそうだ。

「上様、私は芝居は撤廃すべきだと信じておりますが、上様がそのことに反対なさるのであればこの越前、撤廃を取り下げることはやぶさかではありません」

「まことか」

「しばらく、この件は留保願いとうございます」

「よし、待とう」

　愁眉《しゅうび》を開いたように、家慶は表情を輝かせた。

「では、それまで、この件はこのままに」

　時間稼ぎだ。その間に、遠山の暗殺が成功すればよし、失敗に終われば、撤廃を取り下げる。だが、所替えは必ず行なう。

忠邦は脳裏に遠山の顔を思い浮かべながら腹を固めていた。

第四章　奔馬

一

翌日の昼下がり、金四郎《きんしろう》は芝居町関係者の陳情を受けていた。

堺町《さかいちょう》の中村座《なかむら》、葺屋町《ふきやちょう》の市村座《いちむら》、そして木挽町《こびきちょう》の森田座を加え、江戸三座という。その座元らが、芝居が撤廃されるという噂《うわさ》を聞きつけ、たまらずにやってきたのだ。皆を引き連れてきたのが帳元の由蔵《よしぞう》だ。

「遠山さま。芝居が撤廃されるという噂がかけめぐっております。どうなのでしょうか」

その由蔵が切り出した。二十八歳と若いが、中年の雰囲気を漂わせるずんぐりむっくりした体つきの男なので、四十ぐらいに見える。

帳元は金主から金を出させ、芝居を打つ。芝居に関しての金銭の出納を一手に引き受けるので、金主や座元、役者などにも顔がきく。

「確かに、越前守《えちぜんのかみ》さまはそう口にされた。しかし、そのようなことは断じてさせぬ。芝居の撤廃はそこに働く者の仕事を奪い、さらに芝居を観て明日の仕事の英気を養うという町人の楽しみを奪うことだ」

寄席が職人から日傭取《ひやとい》り、棒手振《ぼてふ》りなどの下層の人々にとっての活力の元なら、商家の人間などの金銭的に余裕のある者にとってのそれは芝居だ。

「わしは必ず撤廃は阻止するつもりだ」

金四郎は言い切った。

「でも、一方的に決めてきませんか」

「わしにも考えがある」

「どのようなものでしょうか」

芝居茶屋の主人がすがるようにきいた。

「ここでは言えぬ。だが、わしは身命を賭する覚悟で、撤廃には反対いたす」

金四郎は覚悟を見せて言った。

金四郎は芝居の撤廃を決めるなら奉行職を辞すると家慶《いえよし》にも忠邦《ただくに》にも言うつもり

だ。そのときは職を辞する理由を矢部《やべ》罷免の策謀に加担したくないということで押し通すつもりだ。

　忠邦にとって改革の障碍《しょうがい》となる矢部と金四郎をやめさせれば、いっきに改革が加速するように思えるだろうが、ふたりが同時にやめれば、家慶は忠邦に不審を持ちはじめるはずだ。家慶が不審を持てばやがて後任の奉行にも影響は及ぶ。新奉行に悪の烙印《らくいん》が押されよう。そのほうこそ、改革が停滞する要因になるはずだ。

　矢部の罷免に正当性を持たせるためにはあくまでも金四郎の存在が必要なはずだ。しかし、そう思うのは金四郎だけで、忠邦は弁を弄《ろう》して家慶を言いくるめるかもしれない。

　これはひとつの賭けであることには違いない。だが、芝居の撤廃如何《いかん》によっては賭けに打って出るつもりだった。

「ただ」

　金四郎は不安を口にした。

「越前守さまが芝居の撤廃を打ち出したのは、所替えを認めさせる布石かもしれない」

「と仰《おつしや》いますと?」

「撤廃を取り下げる代わりに所替えをせよと……」

「では、所替えは免れないと?」

由蔵が頰《ほお》を震わせた。

「うむ」

「そんな」

一同の顔に落胆が走った。

「むろん、越前守さまは撤廃を言い張るだろう……」

「遠山《とおやま》さま。どうか、芝居をお守りください」

由蔵が訴えた。

「決して潰させはせぬ」

金四郎は自分自身にも言いきかせるように言った。

「そのお言葉をお伺いし、我らは安堵《あんど》いたしました。どうかよろしくお願いいたします」

「うむ」

由蔵たちが引き上げた。

金四郎は腕組みをした。

果たして、忠邦は芝居の撤廃に突き進むか。それとも、所替えを認めさせる駆け引きの材料なのか。

「皆さん、安心して引き上げました」

駒之助《こまのすけ》がやって来て報告する。

「所替えは避けられそうもない」

金四郎はため息混じりに答える。

「撤廃されたら元も子もありません。皆さん、半ば所替えを覚悟しているようです」

「そうか。もし、所替えと決まったら十分な補償をし、移転先の選定では希望を叶《かな》えられるようにしたい」

金四郎はこれだけは譲らぬと腹を決めて言った。

それから半刻（一時間）後、今度は召馬預配下の馬乗頭の綾部《あやべ》文三《ぶんぞう》が馬乗りの浦《うら》部《べ》喜之助《きのすけ》を伴ってやって来た。

金四郎も駒之助を連れて客間に行った。

「先日は失礼いたしました。本日は馬乗りの浦部喜之助を伴ってやって参りました」

「浦部喜之助にございます」

喜之助は平身低頭した。

「ごくろう。遠山左衛門尉《さえもんのじよう》だ。ここにいるのが相坂《あいさか》駒之助だ」

「相坂駒之助にございます」

駒之助もまた平身低頭する。そして、体を起こしたとき、無意識のうちに駒之助は左の袖を下げた。

駒之助の左腕には桜の花びらの彫り物がある。若いころ、遊び半分で入れたもので、武士になったあと、常に気にし、袖を下げて隠している。

「さっそくでございますが、あれから帰りまして浦部喜之助を問い質《ただ》しましたところ、幼き子どもが通りの真ん中に立ちすくんでいるにも拘《かか》わらず、御馬を疾走させたことを事実として認めました。さらに、そこに助けに入った男がいたことも白状しました」

最初にやって来たときは葵《あおい》の紋の権威を笠に着て、態度が不遜《ふそん》だったがきょうはずいぶんおとなしい。

　喜之助がすべてを打ち明けたばかりでなく、おそらく家慶が若年寄を通じて召馬預の役儀の者に注意を与えたのであろう。でなければ、このように殊勝な態度をとるはずはない。

「火事場での乱暴な振る舞い、まことに申し訳なく存じます」

　喜之助は畳に額をつけて謝罪をする。

「また、相坂どのにもご無礼いたしましたこと、併せてお詫《わ》びをいたします」

「こちらこそ、ご無礼を働きました」

　駒之助も頭を下げた。

「綾部どの。先日、奉行所にやって来たのはどうしてか」

　金四郎は改めてきいた。

「御目付さまのご意見として、火事場でのことは葵の紋を無視する横暴であるから善処するようにとのお話が徒目付《かちめつけ》どのからありました」

「やはり、そうであったか」

　背後で鳥居《とりい》耀蔵《ようぞう》が蠢《うごめ》いていたのだ。

「浦部どの」

金四郎は喜之助に声をかける。

「はっ」

「あのとき、そなたは子どもがいるのに速度を緩めることなく突っ走ってきた。子どもの頭の上を跳び越えられると思ったのか」

「はい、増長しておりました。十分、跳び越えられると思いました。ただ、あとから考えましたら、もし子どもが驚いて立ち上がったら頭を蹴っていたかもしれないとぞっとしました」

「もし、男が飛び込んでこなかったら、そういうことも考えられたのだな」

金四郎は確かめる。

「はい」

「火事場は火消しや逃げまどう人々で混乱している。そのような場所での訓練は危険極まりない。これからは十分に配慮するように指導してもらいたい」

「はっ。徹底させます」

綾部文三が応じた。

「お願いがございます」

喜之助が口を開いた。

「申してみよ」

「はっ、子どもを助けに入った男は見つかっているのでしょうか」

「わかっている」

「ぜひ、会って礼が言いたいのです。もし、あの男が飛び込んでこなければ、万が一のこともあり得ました」

「会って礼が言いたいと？」

「はい」

「しかし、その者は礼を望むまい」

「なれど、このままでは気がすみません。どうか、住まいを教えてください」

喜之助は訴えた。

礼を言いたいという気持ちは尊いがなんとなくすっきりしなかった。それは政次《まさじ》郎《ろう》の秘密めいた言動と重なる。

「ほんとうに礼が言いたいだけか」

金四郎は確かめる。

「はい」

喜之助の目が微《かす》かに泳いだのを見逃さなかった。

「わしは、あの男が馬の前に飛び出したのは、馬が背中を飛び越えていくととっさに見極めたのではないかと思った。あの男は、ただ夢中で飛び出したと言っているが……」

「………」

「そなたから見て、どうであった?」

金四郎は喜之助を見つめる。

「さあ」

喜之助は首を傾《かし》げた。

ふと、金四郎はあることを閃《ひらめ》いて、

「御徒衆《おかちしゅう》の榊原亀之助《さかきばらかめのすけ》という武士を知っているか」

「………」

喜之助の表情が微かに変化した。

「どうした？」

「いえ、知りません」

喜之助は答えてから、

「助けに入った男の名はなんと言うのですか」

と、きいた。

「政次郎と名乗っている。武術の心得があると見た。もしかしたら、武士だった男かもしれぬ」

「………」

喜之助は俯《うつむ》いて、

「政次郎にそなたが会いたがっていたと告げておこう。だが、政次郎は会うことを望むまい」

「わかりました」

喜之助は頭をさげる。

「では、我らはこれにて」

綾部文三が別れの挨拶《あいさつ》をする。

「ごくろうであった」

「はっ」

文三と喜之助は低頭した。

ふたりを見送って戻ってきた駒之助は、

「ずいぶん殊勝なのでいささか拍子抜けいたしました」

と、感想を述べた。

「上様から何か一言あったのであろう。ただ、浦部喜之助がやってきたのは他に理由がある。あのもの、政次郎を知っているのかもしれぬ。今宵《こよい》、出かける。ついて参れ」

金四郎はいよいよ政次郎の秘密に触れられるかもしれないと思った。

暮六つ（午後六時）の鐘が鳴り終えた。

金四郎は着流しに深編笠をかぶり、駒之助とともに榊原亀之助の屋敷を見通せる場所に立っていた。

「来ましょうか」

駒之助が木戸門に目をやってきく。さっき、榊原亀之助は屋敷に戻ってきた。政次郎も仁斎《じんさい》の家にいることは確かめた。

『酒田屋』に、助けた男に成り済まして現れたのは三河町一丁目の又兵衛店《またべえだな》に住む勘平《かんぺい》という男に間違いない。

勘平と良元《りょうげん》の家の女中おしんは親しい間柄だということが、忠兵衛《ちゅうべえ》の報告から想像できた。

政次郎はこの勘平が成り済ました男だと気づき、行方を捜していたようだが、まだ突き止められずにいるのか。

「お奉行。来ました」

駒之助が向柳原のほうから黒い影が近づいてくるのを見て言った。

「うむ。浦部喜之助だ」

金四郎は確かめた。

「どうしますか」

「このまま政次郎に会わせよう」

「はい」

喜之助は木戸門を入り、榊原亀之助の屋敷の玄関に向かった。木戸の外から内部の様子を窺《うかが》う。

喜之助はすぐ玄関から出て、仁斎の家に向かった。

半刻（一時間）後に、喜之助が木戸門から出てきた。渋い顔のまま、喜之助は来た道を戻った。

金四郎は追いつき、声をかけた。

「浦部どの」

喜之助はびくっとして振り返った。

「誰だ？」

「私だ」

金四郎は深編笠を上げた。

「あっ、遠山さま」

喜之助は後退《あとずさ》って頭を下げた。

「政次郎に会ってきたのだな」

「はい」

一拍の間があって、喜之助は答える。

「政次郎は馬乗りの朋輩《ほうばい》だったのだな」

金四郎は想像を口にした。

「はい。金山《かなやま》政次郎と言いました」

喜之助は認めた。

「金山政次郎か。政次郎はなぜ武士を捨てたのだ？」

「わかりません」

喜之助は息を大きく吐いて、

「二年前、突然武士をやめ、姿を晦《くら》ましました。わけは言いませんでした。その後、捜したのですが、見つけだせませんでした」

「金山家はどうしているのだ？」

「政次郎は弟に家督を譲って武士をやめたのです」

「金山家でも政次郎の行方はわからなかったのか」

「はい、音信不通だということでした」

喜之助は一拍の間を置き、

「あの火事のとき、いきなり目の前に飛び出してきた男に啞然《あぜん》としました。まさかと思いましたが、脳裏に焼きついたのは政次郎の顔でした。半信半疑のままでしたが、どうしても確かめたくて、遠山さまにお会いしに行った次第」

「なぜ、政次郎は姿を隠すのか、心当たりはないか」

「まったく想像もつきません。しいて言えば、やめる半年ほど前、政次郎が馬乗りで火事場を走ったとき、その御馬を止めようとしたさる大名家の家臣といざこざになり、後日先方が詫びを入れてきたということがございました。お役儀のことで言えば、そのぐらいしか思い当たりません」

「そうか」

金四郎は不思議に思った。やめざるを得なかった事情を明かしても詮《せん》ないことだからか。それとも語ることが出来ない何かがあるのか。

「残念ですが、引き下がります」

喜之助は落胆して言い、悄然《しょうぜん》と去って行く。

武士をやめた理由は言いたくなければ言わなくてもいい。だが、付け火に関わっているかもしれない勘平のことをなぜ隠すのだ。そのことは、どうしても話してもらわねばならないのだ。

「お奉行、政次郎に会いますか」

「今会っても無駄だろう。おそらく、まだ政次郎も勘平とおしんの行方を捜し出せていないようだ」

「勘平が付け火の犯人でしょうか」

駒之助はきいた。

「そうだと、おしんがあの未明に厠《かわや》に起きて火事を発見したという話に説明がつく。おしんは未明に火事が起きることを知っていたのだ。だから、前の晩、良元に酒を吞《の》ませてよい潰した。そして、未明に火の手が上がったのをみて、他の者たちを起こして逃がしたのだ」

金四郎はそういう筋書きを描いた。

ただ、わからないのは金貸し徳蔵《とくぞう》の家と神田白壁町の酒屋『樽屋《たるや》』に押し入った賊とのつながりだ。

勘平は政次郎に成り済まして『酒田屋』から五両を借り受けている。押込みの分け前があれば、そんな真似《まね》をする必要はなかったのだ。

金四郎はやはり政次郎が事件解決の鍵を握っていると思ったが、今のままでは政次郎は何も語るまい。

もう少し、政次郎を追い詰める何かが欲しかった。

二

翌日、曇り空の寒々とした朝だ。百瀬《ももせ》多《た》一郎《いちろう》は奉行所の門前で待っていた繁蔵《しげぞう》と共に数寄屋橋御門《すきやばしごもん》をくぐってお濠《ほり》沿いを北に向かった。

すると、いつの間にか隣に並んだ男がいた。

「これは本庄《ほんじょう》さま」

多一郎はまったく気づかなかった。

「ちょっと百瀬どのにだけ話しておこうと思ってな」

本庄茂《も》平次《へいじ》は人懐こい笑顔で言う。

「なんでしょうか」

矢部失脚後、鳥居耀蔵が南町奉行になればこの男が内与力として奉行所に乗り込んでくるのだ。だから、煩わしいと思っても無下には出来なかった。

「向こうに行こう」

そう言い、お濠端に近づいた。

「先日、遠山さまと新シ橋《あたらしばし》で出会ったと言っていたな」

茂平次は柳の木のそばに立ってきいた。

「はい、そうです」

「遠山さまは下谷にある榊原亀之助という屋敷に土地を借りて住んでいる仁斎という学者のところに行ったのだ」

「学者ですか」

「いや、仁斎に会いに行ったのではない。内弟子の政次郎に用があったのだ」

「政次郎ですか」

多一郎はあまり気乗りしないで問い返す。そんな話を聞いても意味がない。

「そんな顔をするな、話はこれからだ」

「えっ」

多一郎はどきっとした。すっかり顔色を読まれている。茂平次に無気味さを覚えた。

「遠山さまが政次郎を訪ねたのは、さる十日の火事場で起こったあることのためだ」

そう言い、茂平次は召馬預の馬乗りが男の子を踏みつけそうになったのを助けた男の話をした。

「その男が政次郎だ」

「それが何か」

人助けした男に町奉行が会いに行った。それだけのことではないかと、多一郎は思ったが、またも茂平次が言う。

「それだけのことで、わざわざ奉行がお忍びで会いに行くと思うか」

「他に理由が？」

多一郎はきいた。

「なぜ、政次郎は火事現場にいたのか。不思議に思わぬか。単なる野次馬にしては少し道程はある」

「まさか……」

付け火に関わりがあるのかと、多一郎は胸が騒いだ。

「そうだ。俺の勘だが、遠山さまは政次郎が付け火をしたかどうかはともかく、何かを知っていると睨《にら》んでいるのだ」

「しかし、付け火は火盗改《かとうあらため》が」

「北町の内与力が火盗改の与力にもう一度調べるように伝えたらしい」

「ほんとうですか」

「そうだ。遠山さまは火盗改が捕まえた男は無実と見ているのだ」

多一郎が目をつけた新助《しんすけ》も違うように思える。すると、政次郎か……。

「それから、政次郎が助けたのは多町《たちょう》一丁目で瀬戸物屋をやっている『酒田屋』の子どもだ。亭主は松吉《まつきち》、内儀はお静《しず》。ところが、ここで妙なことを聞いた」

「妙なこと？」

「『酒田屋』に子どもを助けた者だと言って男が現れたらしい。政次郎ではない、成り済ましだ。その男は『酒田屋』から五両を借りたそうだ。その者が成り済ますことが出来たのは現場にいたからだ」

「本庄さまはどうしてそのことがわかったのですか」

「鳥居さまにいろいろ情報が入る。それで『酒田屋』に行ったら、遠山さまがやって来たと話してくれた」

鳥居耀蔵には市中に放っている徒目付から諸々《もろもろ》の情報が入ってくるのだ。

「それにしても、どうしてそのことを私に？」

多一郎は不審に思った。

「手柄を北町に持っていかれるのは面白くない。そうではないか。ならば、そなたに手柄を立ててもらいたいと思ってな。俺は気が早いが、すでに南町の人間のつもりなのだ」

「そうですか」

多一郎は頷《うなず》いた。

「これも俺の勘だが、成り済ましの男が付け火の犯人ではないかと思う。政次郎はその男のことを知っていて黙っているのだ。政次郎は遠山さまにもまだすべてを話していないようなのだ。成り済ましの男は三次《さんじ》と名乗ったらしい」

「三次ですって」

「知っているのか」

「いえ。そうじゃありません」

三次というのは新助が賭場《とば》で知り合った男だ。だが、その三次が子どもを助けた男に成り済ましたとは思えない。たまたま同じ名だっただけかもしれない。

「百瀬どの」

茂平次が目を細めて呼んだ。

「じつは、俺は政次郎のことをよく知っているという男に出会ったのだ。その男は政次郎の秘密を知っているらしい」

「政次郎の秘密ですか」

「そうだ。それ以上は深くきかなかったが、何か気になる」

「なぜ、お訊《たず》ねにならなかったのですか」

「鳥居耀蔵の家来だと名乗ることがはばかられたのだ。だから、そなたに話した」

「しかし、私が遠山さまを出し抜くようなことになっては……」

「いや、そなたが独自に調べ政次郎に辿り着き、そしてその者に行き着くのは当然のこと。遠山さまに遠慮する必要はない」

妙な話のように思ったが、手掛かりが得られると思うと、多一郎は遠山に遠慮などいらないと思うようになった。

「どうだ、一度、その男に会ってみては」

「わかりました。どこの何者ですか」

腑《ふ》に落ちないところもあるが、断る理由もなく引き受けた。

「押上村《おしあげむら》に光雲寺《こううんじ》という荒れ寺がある。その納屋に住んでいる浪人だ。石戸十蔵《いしどじゅうぞう》という名だ」

「押上村の光雲寺に住む石戸十蔵ですね」

「そうだ」

「その前に『酒田屋』に行き、政次郎のことをきいてみます」

「うむ。頼んだ」

茂平次は一瞬含み笑いをして去って行った。

多一郎ははさっそく多町《たちょう》一丁目に向かい、北町奉行所のある呉服橋御門《ごふくばしごもん》前を過ぎ、一石橋《いっこくばし》を渡った。

それにしても、なぜ、本庄茂平次は遠山がやっていることを調べているのだろうか。遠山が調べている政次郎のことを、どうして俺に教えたのか。手柄を北町に持っていかれるのは面白くないと言っていたが、どうも言い訳のような気がしてならない。

だが、政次郎のことはこのまま捨てておけなかった。

多町一丁目にやってきて、瀬戸物屋の『酒田屋』はすぐわかった。店先に七輪や摺鉢《すりばち》、土瓶などが並べられていた。

多一郎は店先に立った。

「これは旦那《だんな》」

店番をしていた亭主らしい男が立ち上がって、

「成り済ましの男は見つかったんですかえ」

と、すぐにきいてきた。

「俺は南町のものだ」

「どうも」

「火事場で子どもを助けた男のことで、北町の同心がやってきたのか」

「さようで。最初は、お奉行の遠山さまがいらっしゃって子どもを助けてくれた男がやってきた話をすると、それは成り済ましだと仰って。五両を貸したと言うと、あとから同心を寄越すということで」

「成り済ましの男は三次と名乗ったそうだな」

「はい」

「どんな男だった?」

話が聞こえたのか、奥から内儀らしい女が出てきた。

「旦那、ごくろうさまです」

「内儀か」

「はい」

「火事のとき、子どもが召馬預の御馬に蹴られそうになったのを助けた男がいたのは間違いないのだな」

「はい。遠山さまのお話では、その男は政次郎と言うそうです。でも、私どもの前に現れたのは三次という二十四、五歳の中肉中背で丸顔の男でした」

「二十四、五歳の中肉中背で丸顔か。目はどうだ?」

「大きな目をしていました」

新助が会った三次はがっしりした体格で眉が濃く、目が細かったという。

「旦那。成り済ましの男は見つかりそうですかえ。五両を貸してくれと言われ、助けてくれたひとだから断り切れなかったんです」

内儀は憤慨した。

「必ず、見つけだす。邪魔したな」

外に出て、

「やはり、本庄さまの言っていたとおりでしたね」

と、繁蔵が言う。

「うむ。新助が会った三次とは別人だった」

「このあと、どうしますか。政次郎に会いに行きますか」

「その前に、押上村に行ってみよう」

光雲寺の納屋に住む石戸十蔵という浪人が政次郎の秘密を知っているなら、その秘密を聞き出してから政次郎に会ったほうがいいと考えた。

「わかりやした」

多一郎たちは柳原通りに入り、両国広小路を突っ切って両国橋を渡った。厳しい北風がまともに顔に当たった。

「きょうは冷えますね」

繁蔵が身震いをした。

「日差しがないからな」

多一郎は言うが、これから向かう石戸十蔵への聞き込みで何か新しい動きがあるような期待から寒さは気にならなかった。

横川を越え、法恩寺の裏手になる押上村にやってきた。

繁蔵が百姓に場所をきいて、光雲寺に向かった。

並び合っている寺の小さいほうが光雲寺だった。多一郎は山門をくぐった。

本堂の横に庫裏《くり》があり、少し離れた奥に納屋があった。繁蔵が近付き、戸を叩《たた》く。

「石戸さま、いらっしゃいますかえ」

ふいに内側から戸が開いた。

出て来たのは髭面《ひげづら》の大柄の男だ。

「石戸十蔵どのか」

多一郎が声をかける。

「そうだ」

「私は南町奉行所の百瀬多一郎と申します。石戸どのが政次郎という男についてよく知っていると聞いてやってきました」

「例の付け火の件か」

「何かご存じか」

「…………」

「何をご存じか。付け火について何か知っていることがあれば、教えていただきたい」

多一郎は訴える。

「話すことはない」

「政次郎の秘密を知っているというのはほんとうですか」

「政次郎は……」

石戸は言い差した。

「よそう、もう帰ってもらおうか」

石戸は突慳貪《つっけんどん》に言う。

「政次郎の秘密とはなんですか。あなたは付け火のことを……」

「話すことはない。引き取ってもらおう」

「なぜですか。なぜ、隠すのですか」

多一郎は食い下がる。

「隠しているわけではない」

石戸十蔵は口元を歪《ゆが》め、

「遠山どのが直々に聞きにくれば話す」

と、言った。

多一郎は不思議そうに、

「なぜ、遠山さまに?」

「それだけの値打ちがある秘密だからだ。遠山どのを寄越せ」

「しかし、我らは南町のもの。北町奉行所とは……」

「なら、話さぬ」

そう言い、十蔵は納屋に引っ込み、戸を閉めた。

「石戸どの」

多一郎は戸を叩いた。

だが、応答はなかった。

「また、出直す」

多一郎は声をかけ、納屋から離れた。

「なぜだ」

思わず多一郎は呟《つぶや》く。なぜ、遠山でなくてはならないのか。

両国橋を渡り戻ってきて、多一郎は新シ橋を渡って下谷の三味線堀に足を向けた。

榊原亀之助という侍の屋敷に辿り着いた。木戸門の前に立つと、ちょうど、門から着流しの男が出てきた。
二十七、八の引き締まった顔の男を見た瞬間、政次郎ではないかと思った。
男が会釈して脇《わき》をすり抜けたとき、

「政次郎か」

と、多一郎は声をかけた。

男は立ち止まって、振り返った。

「へい」

「ちょうどよいところで会った。去る火事の折り、疾走する召馬預の御馬から子どもを助けたのはそなただな」

「……………」

「どうなんだ？」

「失礼ですが、遠山さまのところでは？」

「わしは南町の者だ。北町とは別に調べている。どうなんだ？」

「へえ、そのとおりでございます」

「そうか。で、『酒田屋』にそなたに成り済ました男が現れたそうだが？」

「遠山さまからお聞きしました」

「その男に心当たりはあるのか」

「いいえ、まったくわかりません」

多一郎は政次郎を睨み据え、

「政次郎、成り済ました男は……」

「恐れ入りますが、そのことはすで遠山さまに話しています。どうか、遠山さまからお聞きください」

「やい、政次郎」

繁蔵は声を荒らげた。

「誰にものを言ってやがるんだ。てめえには付け火の疑いがかかっているんだ」

「親分さん。すでに、あっしは遠山さまから調べられているんですぜ。その遠山さまの調べを横取りなさるんですかえ」

「きさま」

繁蔵は顔色を変え、政次郎に突っかかりそうになった。

「よせ、繁蔵」

多一郎は引き止め、

「政次郎。そなた、石戸十蔵という浪人を知っているか」

「石戸十蔵ですかえ。いえ、知りません」

「しらっぱくれるのか」

繁蔵が叫ぶように言う。

「ほんとうのことです。もう、いいですかえ。これから行かなくてはならないところがあるんです」

「よし、行っていいぜ」

多一郎はそのまま行かせた。

「奴は、何か知っている」

多一郎は政次郎の後ろ姿を見送りながら言った。


日が暮れて、神田佐久間町一丁目の斎太朗店《さいたろうだな》の木戸を入る。鉋《かんな》と鑿《のみ》の絵が描かれた腰高障子を開けた。

ちょうど普請場から帰ってきたばかりなのか、新助は行灯《あんどん》に火を入れたところだった。

「これは旦那」

新助は上がり框《がまち》の前で畏《かしこ》まった。

「三次は見つかったでしょうか」

「まだだ」

「そうですか」

新助は落胆する。

「ききたいことがあるんだが、二十四、五歳の中肉中背で丸顔。大きな目をした男に心当たりはないか」

「さあ」

新助は首を傾げ、

「少なくとも、あっしの知り合いにはいません」

「三次とは特徴が違うな」

「はい。三次はがっしりした体格で、目は細かったですから」

「そうか」

「待ってください」

新助が顎《あご》に手をやって考えこんだ。

「何か心当たりがあるのか」

「へえ」

新助は応じてから、

「確か、そんな特徴の男が一度、三次と歩いていたのを見たことがあります」

「ほんとうか」

「はっきりとは言えませんが……」

「その男の名前は？」

「いえ。知りません」

「政次郎という男を知っているか」

「いえ」

「石戸十蔵という浪人はどうだ？」

「いえ、知りません」

そのとき、多一郎ははっとした。戸の外にひとの気配を感じ、急いで戸を開けた。誰もいなかった。

左右を見回したが、怪しい影は目につかなかった。

だが、誰かいたような気がしてならない。本庄茂平次か、あるいは遠山の手の者か。多一郎は不審に思いながら新助の家の土間に戻った。

三

その夜、金四郎はいつものように書類に目をやっていた。芝居や寄席の撤廃と並んで難題のひとつである株仲間の解散問題だ。

今年八月に、忠邦の三羽烏《さんばがらす》のひとり、金座御金改役の後藤三右衛門《ごとうさんえもん》が意見書を出した。それによれば、物価騰貴の原因は十組問屋が流通上の特権を占めていることであり、改革を断行するにはその特権を放棄させることが必要だという。

十組問屋は年間一万両の冥加金《みょうがきん》を幕府に納める代わりに特権を与えられてきた。十組問屋を解散させ、自由な流通、自由な売買を行なわせれば物価の騰貴はかなり収まるという主張だ。

これに対して、金四郎も矢部も株仲間の解散には反対だったが、矢部のほうがより強硬に反対している。

矢部は物価騰貴は十組問屋の特権のせいではなく、幕府の悪貨への貨幣改鋳政策そのものが原因であると反論した。

金四郎もこの点はまったく同感であったが、さらに老中は物価騰貴は十組問屋の特権を利用しての不正が罷《まか》り通っているためだと主張している。

「殿」

駒之助が襖《ふすま》の外から声をかけた。駒之助は金四郎への呼びかけに、殿とお奉行を使い分けている。

「忠兵衛どのが目通りを願っておりますが」

「よし。ここへ」

金四郎は書類から顔を上げて言う。

「はっ」

廊下を去る気配がした。

株仲間の解散については、これから大きな山場がやってくるが、この件については反対強硬派の矢部の力が衰えてきたことが気がかりであった。

襖の外にひとの気配がした。

「失礼します」

駒之助が襖を開けた。

町人の格好をした隠密《おんみつ》同心の忠兵衛が入ってきた。

金四郎も部屋の真ん中に移動した。

「駒之助もそこに控えよ」

「はっ」

駒之助は少し下がって腰を下ろした。

「忠兵衛、ごくろうであった。何かわかったのか」

「まだ、勘平とおしんの行方はわかりません。政次郎は先日は日暮里《にっぽり》のほうに足を向けました」

「日暮里に何か心当たりでもあるのか」

金四郎は思案した。

「わかりません。じつは政次郎の件ではなく、南町の百瀬多一郎という同心の動きが妙なのでご報告に」

「百瀬多一郎の動き？」

金四郎は首を傾げた。

「はい。百瀬多一郎は榊原亀之助の屋敷まで政次郎に会いに行きました。何を話したかはわかりませんが、そのあと神田佐久間町一丁目の斎太朗店に新助を訪ね、三次という男についてきいていました」

「三次？」

「話の様子では、新助は三次と関わったことがあったようです。それから、新助が言うには、三次が中肉中背で丸顔の大きな目をした男と歩いていたのを見たことがあるそうです」

「その男は勘平のようだな」

「はい。勘平が『酒田屋』の内儀に三次と名乗ったのは、三次と会っていたからではないでしょうか」

「十分に考えられる」

金四郎は考えを整理しながら、

「確か、新助は金貸し徳蔵から金を借りていたのだな」

「はい」

「勘平は良元に言い寄られていた女中おしんと親しい間柄だ。三次という男は新助と勘平、それぞれに近づいている」

「三次という男が勘平に付け火をそそのかしたとは考えられませんか。勘平はおしんを良元の毒牙《どくが》から守るためにはやるしかないと……」

忠兵衛は気負い立って言う。

「そうだ。勘平はおしんに火をつける刻限を伝えていた。だから、その時分、おしんは起きて待っていたのだ」

金四郎は金貸し徳蔵の家に押し入った賊のことを考えた。賊の中に侍がいる。食いっぱぐれの浪人であろうが、この侍も徳蔵から金を借りていたのかもしれない。

「それから、百瀬多一郎は政次郎を知っているかとき、さらに石戸十蔵という浪人を知っているかと新助にきいていました。新助はふたりとも、知らなかったようです」

「石戸十蔵という浪人は三次の仲間か」

「そうかもしれません」

忠兵衛は応じてから、

「それにしても、百瀬多一郎がどうして政次郎のことを知ったのかが気になります。それに、石戸十蔵のことも」

「そうだな。こうなれば、一度、百瀬多一郎に会ってみる必要があるかもしれぬが、その前に政次郎に会ってみよう。だいぶ事件が見えてきた。そのことを持ち出し、政次郎を追及してみる」

金四郎は焼け跡の復興がめざましく進む一方で、火付け盗賊一味がいまだに野放し状態であることに焦りを覚えている。

早く捕まえないと、また同じことをやる。この前の火事では途中から大雨になって大惨事を免れたが、あのような好運は滅多にあることではない。


翌日は登城する必要もないことから金四郎は朝早くに、お忍びで外出した。

下谷の榊原亀之助の屋敷内にある仁斎の家に行った。

訪れると、ちょうど政次郎が出かけるところだった。

「遠山さま」

政次郎は身が固まったようにその場に立ちすくんだ。

「出かけるところか」

「はい」

「少し話を聞きたい」

「政次郎」

仁斎が出てきた。

「わしはちょっとひとまわりしてくる。上がってもらえ」

「はい」

「すまぬ」

金四郎は仁斎の気配りに礼を言う。

「なあに、朝の冷たい風に当たりたいだけです」

そう言い、仁斎は土間を出て行った。

「どうぞ」

勧められ、金四郎は政次郎の部屋で差し向かいになった。

「勘平の行方はまだわからぬのか」

「はい」

「きのう南町の同心がやってきたそうだな」

「はい」

「いずれ勘平のことも嗅ぎつけよう。そうなれば、手配書をまわし、江戸中隅々まで探索の網がかかる」

「…………」

政次郎の表情が曇った。

「勘平は医者の良元の家に奉公していたおしんといっしょにいるのだな」

「わかりません」

「いや、そなたはそう思っているはずだ。政次郎、ほんとうはふたりがどこにいるのか知っているのではないか」

「いえ、まだわかりません」

政次郎は苦しそうに言う。

「おおよその事件の概略がわかってきた。三次という男がいる、この三次は勘平をそそのかし付け火をさせた。勘平はおしんを良元の毒牙から守るためには火をつけるしかないと思ったのだ。火をつける刻限を勘平から教えられていたから、おしんはあの時間に起きていたのだ」

「………」

「勘平は良元の家に火をつけて良元を殺しただけではない。三次が仲間の侍と金貸し徳蔵の家と酒屋の『樽屋』に押し入る手助けをしたのだ」

「遠山さま、違います」

「違う？　何が違うのだ？」

「それは……」

「政次郎、はっきり言うんだ」

「遠山さま、ふたりは好き合っているんです」

「それがどうした？　このままではお尋ね者になってしまう」

そこまで言ったとき、思わず金四郎は呻《うめ》いた。

「まさか、そなたはふたりを死なせてやろうとしているのではないのか」

政次郎は微かに狼狽《ろうばい》した。

「だめだ。ちゃんとお裁きを受けさせるのだ」

「遠山さま。付け火は火炙《ひあぶ》りの刑ではありませんか。どうせ死罪になるなら、いい夢を見ながらふたりいっしょに死んで行くほうが、ふたりにとっては仕合わせなんじゃありませんか」

「あまりにも身勝手だ。火盗改に捕まった基吉《もときち》、南町の同心に目をつけられた新助のことを考えたことがあるのか。また、押込みに殺された金貸し徳蔵や『樽屋』の番頭、それだけではない、あの火事のために死傷した人間は何人もいるのだ」

「ですから、ふたりは死んでお詫びを……」

「勝手に死んで詫びになるか」

金四郎は怒りをぶつける。

「政次郎、ふたりを死なせてはならぬ。このまま死んでは地獄へ行くだけだ。あの世では添われぬ」

政次郎ははっとしたようになった。

「それに、おしんは遠島ですむかもしれぬ。よいか、政次郎。ふたりを死なせてはならぬ。早く、見つけるのだ」

「遠山さま。こんなことになるなんて」

政次郎はあえぐように言う。

「政次郎。そなたは召馬預の馬乗りだったそうだな。なぜ、武士を捨てたのだ?」

「武士がいやになったんです。自分には向いていないと思ったんです」

「辞める半年ほど前、馬乗りで火事場を走ったとき、そなたの御馬を止めようとした大名家の家臣といざこざになったそうだな。そのことが何か影響しているのか」

「いえ。そういうことでは……」

政次郎の声が弱い。

「そなたと勘平はどういう関係なのだ？」

「小間物屋で、このお屋敷にも出入りをしていて知り合ったんです。私の弟に似ていたので……」

「弟が家を継いでいるそうだな」

「はい」

「実家とは疎遠なのか」

「私が顔を出しては、弟もやりづらいでしょうし」

「弟を思ってのことか」

「そうです」

「勘平を弟のように思っているのだな」

「はい」

「あの火事のとき、そなたが現場に行ったのは、勘平が付け火をすることを知っていたからではないのか。さらに言えば、勘平を思い止まらせようとしたのではないのか」

「…………」

政次郎は苦しそうなため息を漏らした。

「さっき、違うと言ったな」

「えっ？」

「付け火は勘平ではないという意味だったとしたら、そなたは勘平を思い止まらせたのではないか」

「………」

「どうした？　さっきははっきり違うと言ったではないか」

金四郎はさらに迫る。

「もし、そうだとしたら……」

金四郎は思わず叫びそうになった。勘平が付け火を取りやめたのに実際には良元の家から出火した。

「おしんか」

金四郎は唖然として言う。

「遠山さま。どうかお見逃しを。ふたりをこのまま死なせてやってください」

「政次郎……」

金四郎は声を張り上げたが、あとが続かなかった。

約束の刻限になっても火の手が上がらなかったことに不審を抱いたおしんはつい火を付けてしまったのか。

「そなた、ふたりの居場所を知っているな」

「………」

「これでいいと思っているのか。ふたりが地獄でのたうちまわってもいいというのか」

「これしか手立てはないのです、年季が明けるまで、おしんは良元のもとから逃げだしたくても逃げだせなかった。でも、逃げだせる唯一の機会があの火事だったのです。私が勘平に追いつき、力ずくで付け火をやめさせました。そのとき、勘平は悔し紛れに煙硝を包んだ布を良元の家の庭に投げ込んだんです。本来なら火縄に火をつけて投げ込むところでしたが、それで自分の気持ちを納得させようとしたのでしょう。まさか、このことがおしんに災いするとは……」

「おしんが煙硝を包んだ布に火を付けたというのだな」

「待機していたおしんは、何かが投げ込まれた音を聞いてから火の手が上がらぬことに気づいて、庭に出て煙硝を包んだ布が落ちているのを見つけたのです。おそらく、おしんは勘平が失敗したのだと思ったのでしょう。それで、自分で布に火を……。まさか、おしんがそこまでやるとは考えが及びませんでした」

政次郎は悔やむように拳で膝《ひざ》を叩いた。

「勘平をなだめ、引き上げようとしたとき、ふいに火の手が上がりました。私は勘平と愕然《がくぜん》として炎を見上げました。勘平もそのとき、おしんがやったのだということを察していたんです」

「勘平と押込みの一味は仲間か」

「付け火の話を持ちかけてきたのは三次っていう男だそうです」

「勘平が成り済ましのときに名乗った名だな」

「はい。三次は勘平とおしんのことを調べ上げていて、このままならいずれおしんは良元に凌辱《りょうじょく》され、妾《めかけ》にされると言ってきたそうです。火事を起こして焼け死ぬように仕向けたらどうかと唆されたそうです」

「三次がどこに住んでいるのか、勘平は知らないのか」

「自分のことは何も言わなかったそうです」

「そうか」

「遠山さま」

政次郎は畳に手をついた。

「お願いです。ふたりは今、ある場所で、あの五両でもってこの世の最後の暮らしを営んでいます。夫婦の印を残して死んで行くつもりです。どうかお見逃しを」

「ならぬ」

金四郎は強い口調で叱りつけ、

「どこにいるのだ？」

と、問い詰める。

「申し訳ございません」

政次郎は口を真一文字に結んだ。何があっても口にしないという強い意志を見せていた。金四郎はため息をつくしかなかった。

「ふたりはまだ健在なのだな。すでに死んでいるということはないな」

「はい」

「あとどのくらいだ？」

「えっ？」

「ふたりがこの世を去るまでだ」

「……………」

「言うのだ？」

「二日か三日」

「二日か三日だと。ふたりを匿《かくま》い、みすみす死に追いやるそなたの罪も重い」

「覚悟をしております」

政次郎は澄んだ目を決然と向けた。覚悟を決めた態度に、金四郎は唖然とした。

「そなたも……」

そなたも死のうとしているのではないか。だが、金四郎はその言葉を呑んだ。

「あと二、三日ある。それまでに気持ちが変わることを願っている」

話を切り上げ、金四郎は立ち上がった。

木戸門を出たとき、百瀬多一郎と悶っ引きに出くわした。

「これは遠山さま」

多一郎は一歩引いて、挨拶《あいさつ》をした。

「政次郎のところか」

金四郎は確かめる。

「はっ」

「政次郎のことは誰から聞いた?」

「それは……。いつしか耳に入っていたのです」

多一郎はとぼけた。

「政次郎は付け火をしようとした男を知っている。付け火を思い止まらせたのだ。だが、出火した。付け火をしようとしたのは三河町に住んでいた勘平という男だ。三次という男に付け火を唆されたそうだ」

「やはり、三次ですか」

「なんとか三次を見つけるのだ」

「本所に住んでいるらしいとはわかっているのですが」

多一郎が呟く。

「本所とな」

あの辺りは小普請組の直参が住んでいる。不良御家人も多くいる。

「勘平は煙硝を包んだ布を三次から渡されたそうだ。煙硝を手に入れることが出来るのは花火業者か鉄砲……」

金四郎は閃いて、

「三次は武家奉公人かもしれぬ。小普請組になった武士で元鉄砲方の者、あるいは御手先の元鉄砲組の者を調べてみよ」

「なるほど。わかりました。さっそく」

多一郎は勇躍したように言ったあと、

「遠山さま。じつは政次郎のことでちょっと」

「なにか」

「政次郎の秘密を知っているという男に会いました。その男にきくと、遠山さまになら話すと申しました」

「わしに？」

「はい。石戸十蔵という浪人です」

忠兵衛が言っていた浪人だ。

「なぜ、その浪人を知ったのだ？」

「政次郎のことを調べていて偶然に……」

多一郎は目を逸《そ》らし、

「押上村にある光雲寺の納屋に住んでいます。政次郎の秘密がどんなものかわかりませんが」

「わかった。あとで時間を見つけて訪ねてみよう」

「はっ。では、私は三次の探索に」

多一郎は踵《きびす》を返し、岡っ引きといっしょに向柳原方面に向かった。

（石戸十蔵……）

知らぬ名だ。政次郎の秘密とは武士を辞めたわけであろうか。政次郎は死のうとしている。政次郎に何があったのか、そのことを早く知りたいと思ったが、金四郎はいったん奉行所に戻らねばならなかった。

四

百瀬多一郎は両国橋を渡った。

遠山が言うように、付け火は三次が勘平という男を唆したのであろう。勘平が火を放ったあと、火事場で盗みを働いたのだ。

多一郎は回向院《えこういん》脇から亀沢町の角を曲がって南割下水《みなみわりげすい》の小禄の武家屋敷が並んでいる一帯にやって来た。

割下水沿いを少し行ったところに、多一郎が親しくしている小普請組の御家人がいる。

以前に多一郎が通っていた剣術道場の師と親しい間柄で、その縁で誼《よしみ》を通じていた。松沼伊右衛門《まつぬまいえもん》という四十半ばの男だ。

病気をきっかけに職を辞し、小普請組入りをした男だ。子供もなく、夫婦ふたりでのんびり暮らしている。

その屋敷の木戸門を入り、玄関に立った。

奥に声をかけたが、誰も出てこない。

庭木戸を押して、奥に行くと、日向《ひなた》になっている縁側で出入りの庭師の年寄りと将棋を指していた武士が、

「いいところだからしばらく待て」

と、将棋盤に目を落としたまま言う。

多一郎は庭木に目をやる。葉は落ち、草木は枯れているが、手入れは行き届いている。

「旦那、終わったようですぜ」

繁蔵が声をかけた。

「多一郎、用件はなんだ？」

伊右衛門が縁側から呼んだ。

多一郎は近付き、

「お取り込みのところに来たようで」

と、少し皮肉を込めて言う。

「わかっているなら、それでいい。で、なんだ？」

庭師の年寄りは目尻を下げて笑っている。多一郎は庭師を気にしたが、

「この界隈《かいわい》で、鉄砲方か御手先の鉄砲組にいた御方をご存じじゃありませんか」

「鉄砲……」

伊右衛門は不思議そうな顔で、

「何の調べだ?」

「付け火です。いえ、その御方を疑っているわけではありません。奉公人に三次という男がいないかを探っているのです」

「三次?」

庭師の年寄りが呟いた。

「知っているのか」

「どんな感じの男ですか」

庭師がきく。

「がっしりした体格で、眉は濃く、目が細い」

「あの男かな」

「知っているのか」

多一郎は庭師の男に迫るようにきいた。

「この先に、猪狩源三《いかりげんぞう》という御家人が住んでます。吉田町の夜鷹《よたか》を屋敷に引き込んだり、ごろつきが出入りをしたりしています。そこに中間《ちゅうげん》として入り込んでいる男が確か、三次という名でした」

「で、特徴はさっき話したとおりか」

「さいです」

「猪狩源三は確か鉄砲方の同心だったそうだ。女にだらしなく、小普請組に落とされた。そのことに不満を持っているらしい」

伊右衛門は応じた。

「そういえば、猪狩さまは景気がよいようで、向島の料理屋で騒いでいました」

「なんだ、おめえさんもそんないい思いをしていたのか」

伊右衛門が口をはさむ。

「とんでもない。あっしは仕事ですよ。庭で仕事をしていて、騒いでいる猪狩さまに気づいたのです」

「この冬場に、庭仕事があるのか」

伊右衛門がからかう。

「ほんとうですって」

庭師の年寄りは苦笑した。

「猪狩源三どのの屋敷を教えていただけますか」

多一郎は伊右衛門へ声をかけた。

詳しい場所を聞いて、多一郎と繁蔵は津軽越中守《つがるえっちゅうのかみ》の上屋敷の横手にある猪狩源三の屋敷の前にやって来た。

「どうしますか」

「まず、三次を見つけることだ。こんなところに突っ立っているところを見られたら、警戒される」

多一郎は場所を移動した。

いったん亀沢町の自身番に戻った。

「旦那、あっしがもう一度様子を探ってきます」

繁蔵は手拭《てぬぐ》いを出し、吉原かぶりにし、自身番に詰めていた店番の者から風呂敷《ふろしき》を借り、使っていない手焙《てあぶ》りを包み背負った。

「何かの行商人に見えるでしょう」

繁蔵は言い、猪狩源三の屋敷に向かった。

「最近、この付近の御家人たちの様子はどうだ?」

多一郎は家主にきく。

「相変わらずですぜ。もう少し、奉行所のほうも目を光らせてくれたらいいんですが」

家主が顔をしかめた。

小普請は仕事のない者たちが集められている。病弱な者や職を辞した年寄りだけでなく、罪を犯して職を辞めさせられた者たちも少なからずいる。

直参の矜持《きょうじ》を失った者が多く、屋敷内で博打《ばくち》をしたり、商家で因縁をふっかけて金を巻き上げたりとならず者顔負けの不良旗本・御家人も多い。

猪狩源三もそんな御家人のひとりだろう。

四半刻（三十分）後、繁蔵が戻ってきた。

「猪狩源三らしい侍と三次と思われる男が屋敷を出て、二ノ橋のほうに向かいました」

「よし」

繁蔵は借りた風呂敷と手焙りを返し、多一郎とともに二ノ橋に向かった。

だが、猪狩源三と三次は竪川沿いを一ノ橋のほうに向かっていた。少し、離れてついて行く。なるほど、供の男はがっしりした体格だ。

猪狩源三は三十半ばぐらい。細身の男だ。

ふたりは一ノ橋を渡った。そして、一ツ目弁天の境内《けいだい》にある『若月』という料理屋に入って行った。

多一郎と繁蔵は鳥居の陰に立った。

「あそこは器量のいい女中が揃《そろ》っているっていう店ですぜ。さすがにご改革の煽《あお》りで派手な真似は出来なくなりましたが」

「昼間からいい身分だ」

多一郎は口元を歪め、

「よし、新助を呼んできてくれ。普請場にいるだろうが、大事な用だからと棟梁《とうりょう》に頼むのだ」

「へい。じゃあ、行ってきます」

繁蔵は走って行った。

以前はもっと活気があったのだろうが、一ツ目弁天の参詣客も『若月』の前を素通りだ。贅沢《ぜいたく》な料理は味わえないからだろうか。

それでも、ときたま裕福そうな町人が入って行く。

もしや、金を出せば陰で特別な料理が出てくるのではないか。そんな気もしたが、今は猪狩源三と三次のことに注意を向けていなければならない。

繁蔵が出かけてから半刻（一時間）ほど経《た》った。まだ、戻ってこない。それから四半刻（三十分）ほどして『若月』の門に人影が現れた。

猪狩源三と三次だ。間に合わなかったと舌打ちしたとき、

「旦那、遅くなりました」

と、繁蔵がかけつけた。新助もいっしょだった。

「新助。あの男だ」

多一郎は声をかけたが、すでに新助は目を向けていた。

「三次です」

「間違いないか」

「へえ、間違いありません。あっしに声をかけてきた男です」

「よし。ご苦労だった。もういいぜ」

「旦那、どうします？」

繁蔵がきいた。

猪狩源三と三次が鳥居に近づいてきた。

「よし。三次を捕まえよう」

「へい」

ふたりが近くまできたとき、多一郎は飛び出した。

「なんだ、おまえは？」

猪狩源三が顔をしかめた。酒が入っているのか、顔が少し赤い。

「南町の百瀬多一郎と申します。その者に用があります」

多一郎は三次に目をやる。

「無礼者。わしの家来になんだ」

源三の声を無視して、

「おまえの名は？」

と、多一郎は三次にきく。

「名乗るような者じゃありませんぜ」

三次はにやついた。

「三次ではないのか」

「……………」

　三次の顔色が変わった。

「三次、付け火と押込みの件で話をききたい。付き合ってもらおう」

「なんの証《あかし》があって、俺がやったと言うんだ？」

「なにをそんなにあわてているんだ。おまえがやったとは言っていない。ただ、付け火と押込みの件で話をききたいと言っただけだ。それとも何か、おまえがやったのか」

「やめろ」

　源三が怒鳴った。

「俺の家来に無礼ではないか」

「話を聞きたいと言うのが無礼ですか」

「当たり前だ。町方の分際で直参に……」

「わかりました。では、すぐ徒目付から小普請組の組頭どのに話を通しましょう」

「きさま」

源三は刀の柄《つか》に手をかけた。

「いいんですね。抜けば、すぐ捕らえますよ」

「なに」

源三は刀の柄に手をかけたまま呻いた。

「三次、付き合うのだ。いやだというなら力ずくで連れて行く」

三次は後退った。

「なぜ、あっしなんだ？」

「おまえが勘平という男に何かを渡して頼んでいるのを見ていた者がいるのだ」

多一郎ははったりを言い、さらに偽りを続けた。

「それに、金貸し徳蔵の客の台帳の控えが別の場所から出て……」

いきなり、源三が刀を抜いて斬りつけた。

多一郎は十手で弾き、

「狼藉者《ろうぜきもの》」

と、怒鳴った。

「なにを」

源三が上段に構えた。

「酔っぱらっているようだな。腰が定まっていない」

「おのれ」

斬り込んできたのを、多一郎は身を翻して避《よ》け、よろけた相手の肩に十手を打ちつけた。源三は呻いて片膝をついた。

「三次、逃げるな」

多一郎が一喝すると、三次は立ちすくんだ。

「三次、付け火と押込みの疑いでしょっぴく。繁蔵、三次に縄を打て」

多一郎は言うと、三次はがたがたと震えだした。

次に、源三の前に立ち、

「猪狩どの。もう、言い逃れは出来ません。いっしょに大番屋まで来ていただきましょう」

と、告げた。

もはや、押込みは三次と源三の仕業に間違いないと思った。

五

　その日の夕方、金四郎は押上村の光雲寺にやって来た。

　昼前に百瀬多一郎から石戸十蔵のことを聞いたあと、いったん奉行所に戻り、お白洲《しらす》の裁きをふたつこなして、改めて出てきたのだ。

　山門をくぐり、庫裏の奥にある納屋に向かう。境内に人気《ひとけ》はなく、寒々とした風が吹いていた。

　納屋に近づくと、中から様子を窺っていたのか、戸が開いて、侍が出てきた。髭面の大柄な男だ。

「石戸十蔵どのか」

「そなたは?」

　十蔵がきく。

「遠山左衛門尉だ。わしに用があるそうだが」

「よう来られた」

十蔵はゆっくり近寄ってきた。

「話を聞こう」

「話？」

十蔵はにやりとし、

「政次郎の秘密のことか」

「どうやら偽りのようだな」

「いや、遠山どのに用があるのはほんとうだ」

いきなり、十蔵は腰を落として右足を大きく踏み出しながら抜刀した。金四郎は素早く後退って鋭い剣を避けた。

「居合か。そなた、誰に頼まれた？」

金四郎は剣を抜いた。

「今のは挨拶だ」

十蔵は剣を鞘《さや》に納め、再び自然体で立った。

金四郎は八相に構え、

「そなたが居合に構えて剣を抜くや、わしの剣がそなたの腕を斬り落とす」

と言い、間合いを詰める。

十蔵は突っ立っている。金四郎はさらに間合いを詰める。

十蔵が後退った。

「どうした？　抜かぬか。抜いた瞬間、そなたの右腕は飛ぶ」

金四郎は迫る。

十蔵は納屋の壁に追い詰められた。

「俺の負けだ」

十蔵が吐き捨てた。

「誰に頼まれた？」

金四郎はきく。

「…………」

「言えぬか」

「言えぬ」

十蔵は応じた。

「わかった。まあ、よい」

金四郎は刀を鞘に納め、

「そなたの依頼主に告げよ。これ以上、わしを襲うなら、そなたの正体を暴き出すとな。よいか」

「わかった」

十蔵は忌ま忌ましげに言う。

「では」

金四郎は踵を返した。

その瞬間、凄まじき気合で抜き打ちの剣が襲ってきた。金四郎は振り向きざまに剣を抜いた。十蔵の居合の剣が金四郎の身を斬るより早く、金四郎の剣が十蔵の右腕を斬り落とした。

十蔵は左手で剣を摑《つか》んで向かってこようとしたが、激痛に呻いてくずおれた。

「命を粗末にするな。なまじ、居合の腕があることがそなたの不幸だ。だが、もうこれからは剣を使えまい。剣以外に生きる道を探すのだ」

金四郎は厳しく言い、刀を納めた。

「そこに隠れている者」

金四郎は納屋に向って呼びかける。

「この者の手当てをしてやれ」

そう言い、金四郎は山門に向かいかけた。

行く手に人影が待っていた。

「殿」

「駒之助か。ついてきたのか」

「はい。怪しい話でしたので。おそらく、仲間に何人か用意していると思い、助太刀に入るつもりでした。まさか、ひとりだけだったとは……」

駒之助はいっきに話してから、

「あの者を捕らえて口を割らせなくてよろしいのですか」

と、呻いている十蔵に目をやった。

「よい」

「なれど、二度までも襲うとは」

「あの者も依頼の仕事をなし遂げられなかった上に、依頼人の名まで白状させられたのでは立つ瀬もなかろう」

いきりたつ駒之助をなだめ、

「それに依頼主は想像がついている。だが、それが明らかになれば、またことがややこしくなる。これ以上は襲撃をしないはずだ。もちろん、今度襲撃があれば、徹底的に追及する。さあ、引き上げよう」

「はっ」

金四郎は駒之助とともに引き上げた。

翌朝、金四郎は朝四つ（午前十時）の御太鼓の前に登城した。

中之間に行くと、すでに矢部定謙《さだのり》が来ており、きょうもぽつねんと座っていた。

「矢部どの」

声をかけたが、返事はない。目を開けていたが、何も目に入っていないようだった。もう一度声をかけると、ようやく顔を向けた。

「遠山どのか」

はっとしたような表情で、矢部は口を開いた。

「先日の弁明のこと、お考えになりましたか」

五年前の不正事件について、矢部が追及される問題は三点あった。なぜ勘定奉行でありながら支配違いの不正事件を調べたのか、また五年前のことをなぜ今年になって蒸し返したのか。さらに、お奉行就任後、なぜ堀口六左衛門《ほりぐちろくざえもん》という同心を重用したのか。

この三点について弁明出来れば、忠邦の追及から逃れることが出来る。そう矢部に話したのだ。

「遠山どののご厚意はありがたいが、わしは正直に申し開きをするだけだ。なぜ勘定奉行でありながら支配違いの不正事件を調べたのかについては、わしの正義感からというしかない。五年前のことをなぜ今年になって蒸し返したかについては、わしが閑職について調べる時間が出来たからだ。また、堀口六左衛門という同心を重用したと言うが、あの者が仁杉五郎左衛門《ひとすぎごろうざえもん》の不正を訴えてくれたのだ。重用というが、格別目をかけたわけではない。これが事実だ」

矢部は頑《かたく》なに主張した。

「矢部どの、相手はこじつけであっても強引に矢部どのを……」

今のような申し開きでは相手の強引な意見に対抗できないと言っても、矢部は自分の考えを曲げなかった。

支配違いの不正事件を調べたのが正義心からだというなら、なぜその件だけに正義心が働いたのかがわからない。閑職になって改めて調べたと言うが、そもそもそれほどの大事件ではない。正義心を働かせるならもっと他にも不正を疑われる事件はあったはずだ。なぜ、南町奉行筒井政憲《つついまさのり》のことばかりに正義心を働かせたのか。

そう問い詰められるのだ。

「遠山どの、きっとわかってくださる方々はいるはずだ」

忠邦は他の老中にも根回しをしているはずだと言いたかったが、近くにひとが来たので口を閉ざした。

「そうそう、遠山どの。きのう、先の火付け盗賊一味の疑いがある者を南町の者が捕らえた」

「それはそれは」

百瀬多一郎は早くも見つけたのか。

「それが元鉄砲方の同心で小普請組の人間だったとか。取り調べはこれからだが、まず間違いないようだ」

矢部はこのことを口にするときだけ笑みを湛《たた》えた。

そのとき、矢部は忠邦に呼ばれ、老中の御用部屋に向った。

なぜ、矢部は必死に弁明をしないのか。閑職の身になって正義心から改めて五年前の不正事件を調べ直したという言い条は事実かもしれない。だが、筒井政憲が罷免されたあとの南町奉行に自分自身が就いたことをやっかいにしているのだ。まさに、自分が奉行になりたいがために筒井政憲を追い落としたという印象が拭い難い。結果として奉行になったが、そうではないのだというもっと強い弁明が欲しかった。だが、矢部はそういう弁明を潔しとしなかったのか、それとも……。

四半刻（三十分）後に、矢部が戻って来て、すぐ金四郎が忠邦に呼ばれた。

老中の御用部屋に行くと、忠邦が端整な顔に少し興奮の色を浮かべ、

「矢部駿河守《するがのかみ》が株仲間解散の反対の弁をいきなり述べだした。ようするに、物価騰貴は悪貨への改鋳政策に非があるためとの従来の主張を繰り返したが、そのじつは五年前の不正事件を追及する我らへの批判だ」

「………」

「そなたの取り調べの報告を受け、来月には矢部の評定所での尋問について上様に

お伺いを立てるつもりだ」

「恐れながら、評定所での尋問の結果が出るまではまだ疑いの段階であり、矢部どのの罪が決まったわけではありませぬ。なれど、幕閣の中はまるで矢部どのに非があるような雰囲気にございます」

金四郎は訴える。

「このような事態では、矢部どのの奉行としてのお役目に差し障りが出ないとも限りません。お裁きをするのに注意が散漫になってはいけません」

付け火と押込み事件の裁きも控えている。すでに、矢部が奉行を辞めさせられるという空気がみなぎっていることへの善処を申し入れたのだ。

「遠山どの」

官名ではなく、忠邦は名を呼び、

「矢部駿河守が自分は無実であるとの趣旨の手紙を親しい者たちに配っているのをご存じか」

「えっ」

金四郎は耳を疑った。

「幕閣の中の何人かにも手紙が届いている。己の無実を主張し、自分は貶《おとし》められようとしているという内容だ。むろん、あからさまには記していないが、暗にわしを非難しているのだ」

「まさか」

「そういう駿河守のなさりようが周囲をしらけさせるのだ」

矢部が無実を訴える手紙を親しい人間に出したことは事実であろう。だが、忠邦の話には誇張があるのではないか。

ごく親しい仲間の何人かに手紙を出したかもしれないが、配っているという忠邦の言い方では、矢部が多くの人間に手紙を渡しているように受け取れる。

ここでも、矢部のとった行動がうまく忠邦側に利用されている。鳥居耀蔵の考えかもしれないが、今の矢部はなすことすべて裏目に出てしまうようだ。

矢部は無実を訴える手紙を親しい人間にしか出していないはずだ。その手紙が忠邦の手に入ったということは、親しい人間が矢部を裏切ったことに他ならない。

「もはや、矢部は奉行職に必死にしがみついている哀れな男としか思えない。したがって、今後はそなたとのみ意見の交換を行なう」

「しかし、矢部どのは奉行としての見識も素晴らしく、その力を……」

「もう、よい」

「来月は、株仲間の解散、寄席と芝居の撤廃等につき、結論を出す。これらの件で、もはや矢部駿河守と話すことはない。そのつもりでおるように」

忠邦は一方的に言う。

「以上だ」

「先日に引き続き昨夜も何者かに襲撃されました」

金四郎は静かに切り出した。

「何の話か」

忠邦は怪訝《けげん》そうにきく。

金四郎はあえて忠邦の問いかけには応じず、

「奉行を襲撃するとは言語道断ながら、依頼人を問い質《ただ》さなかったのはよけいな混乱を招かないためでございます。もし、また襲撃があれば今度は必ず依頼人を見つけだします。さすれば、その者は奉行職に就くことも難しくなりましょう。失礼いたします」

金四郎は苦い顔をしている忠邦の前から下がった。

下城し、奉行所に戻った金四郎は駒之助から意外なことを聞いた。

「結局、良元亡きあと、息子はあとを継がなかったようで、医者の看板を下ろしたそうです」

「なぜ、息子はあとを継がなかったのだ?」

「最初は息子が継ぐことになっていましたが、まだ若すぎるということだけでなく、見習い先の医者の娘との縁談が持ち上がったそうです。婿になって、いずれはその跡を継ぐことになったということです」

「そうか。良元の妻女はさぞかし気落ちしていることであろうな」

金四郎は同情してから、

「忠兵衛からの連絡は?」

「政次郎はまったく家から出ないそうです」

政次郎は、勘平とおしんが心中するのを待っているのだ。そのあと、亡骸《なきがら》を始末しに行くつもりなのだろう。

「駒之助。出かけてくる」

「私も」

「よい。こちらの仕事を捌《さば》くのだ」

「でも」

「もう、襲撃するものもおるまい」

「はい。わかりました」

金四郎はまたもお忍びで外出した。

政次郎に会いに行くつもりだったが、その前に須田町一丁目の町医者良元の仮小屋にやってきた。

やはり、看板は出ていない。

「ごめん」

金四郎は戸を開けた。

だが、誰もいなかった。背後にひとの気配がして振り返った。四十絡みの女が水を汲《く》んだ桶《おけ》を持っていた。

「良元のご妻女か」

「はい」

妻女は不安そうな目を向けた。

金四郎は深編笠をとって顔を見せた。

「お奉行さま」

妻女は目を見張った。

「医者の看板を下ろしたそうだな」

「はい、息子が継がないことになって」

「残念だったな」

「仕方ありません。でも、かえってよかったと思います。良元の評判はいいほうではありませんでしたから」

妻女は寂しそうに笑った。

良元は女癖が悪かった。おしんにも手を出そうとしていたのだ。同じ屋根の下にいて、亭主が女中に手を出そうとしているのを黙って見ているしかなかった妻女の口惜しさはいかばかりだったか。

「お奉行さま。付け火の犯人は見つかったのでしょうか」

「目星はついた」

「誰なんですか」

妻女はきく。

「まだはっきりしたわけではないが、疑いはおしんだ」

「なんですって、おしん……」

「おしんと親しかった勘平という男がいる」

「………」

「勘平が付け火をし、おしんは火の手が上がったら皆を起こして逃げるつもりだった。ところが、勘平は付け火をある男に止められたのだ。このとき、勘平は火を付けずに煙硝を包んだ布を投げ入れたのだ。なかなか火の手が上がらぬことに不審を持ったおしんは庭に出て煙硝を包んだ布を発見した。勘平が付け火に失敗をしたと思ったおしんは自分で火を付けた……」

妻女は顔色を変えていた。

「おしんは今どこに？」

「勘平といっしょにいるようだが、居場所はわからぬ。各地にはお触れを出し、見つけ次第届けでるように命じてあるが、未だにその知らせはない」

「江戸を離れたのでしょうか」

「いや、江戸にいる。ふたりは生き長らえるつもりはないようだ」

「えっ？」

「ふたりは心中するつもりだ」

「ひぇえ」

妻女は悲鳴を上げた。

「まさか、もう死んでいるということは……」

「いや、まだだ。だから必ず、見つけだす。ただ、見つけだしたとしても、おしんは火炙りの刑は免れないだろう」

「………」

顔面蒼白《そうはく》になって震えている妻女と別れ、金四郎は下谷の仁斎の家に向かった。

榊原亀之助の屋敷の門を忠兵衛が見張っていた。

「政次郎はきょうも朝から動きません」

「そうか」

金四郎は木戸門を入り、仁斎の家に行った。戸を開けて土間に入る。政次郎が上がり框まで出てきた。

「遠山さま」

政次郎の顔もさらに暗く沈んでいた。

金四郎ははっとした。

「まさか」

もう命を断ったのかと、唖然としたが、

「いえ、まだです」

政次郎は答えた。

「ふたりの居場所を教えるのだ」

「出来ません。教えたところで、死ぬのを先延ばしにするだけです。私はふたりをいっしょに死なせてやります」

政次郎は悲壮な覚悟で言う。

「政次郎。そなたが武士をやめた理由を教えてもらえぬか」

金四郎は腰から刀を外し、上がり框に腰を下ろした。

「武士がいやになったんです」

「なぜ、いやになったのだ？」

「………」

「話すことが辛《つら》いのか。いや、もういい」

金四郎はこれ以上、政次郎を苦しめるのをやめようと思った。

「遠山さま」

政次郎が強張《こわば》った表情で口を開いた。

「二年前の冬、小石川での出火の折り、私は御馬に乗り、火事場を目指しました。そのとき、さる大名家の家来が御馬を止めようと前に立ちはだかりました。私はその武士を鞭《むち》で打ちつけたんです。そのことで、その大名家とは険悪な状態になりましたが、数日後に、向こうが詫びてきたのです」

政次郎は続けた。

「それから、また数日後、その侍が病死したと噂で聞きました。それからひと月後のことです。私が本郷の屋敷に帰ったとき、門の前にいた若い男が私に匕首《あいくち》を持って突進してきました」

政次郎は深呼吸をした。

「男を取り押さえ、わけを問い質すと、私といざこざになった侍は病死ではなく切腹をしたのだと答えたのです。その侍は上役から、葵の紋を相手にはこっちが正しかろうが通用しないから詫びるように命じられたそうです。その後、その武士は屈辱を受けたまま生きていけないと腹を切ったそうです。若い男は自分を可愛《かわい》がってくれた武士の敵を討とうと私を付け狙っていたのです」

政次郎は一拍の間を置き、

「私は葵の紋の権威を笠にきていた自分に気付きました。非は自分にあるのに相手が謝る。相手にしたらこんな不本意なことはないでしょう。おそらく、その者は葵の紋に対して謝らなければならない理不尽さだけでなく、謝罪を命じた御家に対しての怒りもあったのだと思います。そのことが、私にもよくわかりました。それだけなら、まだ私もなんとか耐えられたと思います。ですが、その者の家は御家に逆らったということで断絶させられたそうです。老いた両親や弟、妹も路頭に迷うようになったとか」

「酷い。なぜ、その大名家はそこまでしたのだ？　幕府を恐れてか」

「そうだと思います。抗議の切腹をした者をそのままにしておけば、御家自体が幕府に対して不満を抱いていると思われやしないかと考えた重役の意見が通って、厳しい処罰をしたということです」

「なんということだ」

金四郎も怒りが込み上げてきた。

「私はこのまま馬乗りなどしていたら葵の紋の威を借り、どんどん間違った方向に行ってしまう。そう思うと怖くなって、武士を捨てることにしました」

「ひょっとして、匕首を持って突進してきた若い男というのが勘平ではないのか」

「はい。その通りでございます。その当時から小間物の行商をしていた勘平はその武士の世話で上屋敷の勝手口にも出入りができるようになったり、たいそう世話になったそうです。恩義に報いたいと私を狙ったのです。私は病気を理由に家督を弟に譲り、士籍を離れました」

政次郎は続ける。

「その後、町中で勘平と再会し、つきあいがはじまりました。私は勘平には負い目があります。だから、おしんとふたりで死にたいという望みを叶えてやりたいのです」

「そなたは、後悔しないか」

「わかりません。でも、私は勘平が付け火をしようとしたのを止めたことを後悔しています。そのために、おしんの手を汚させてしまったのですから。もし、私がよけいな真似をしなければ、勘平が死罪になるだけで済んだのです。それだったら、勘平はおしんといっしょに死のうとは思わなかったはずです」

「何があっても、ふたりの居場所を教えるつもりはないのだな」

「申し訳ございません。ふたりは自分たちの都合だけで火を放ち、大勢のひとたちが焼け出され、死傷者も出たことで今は地獄の苦しみを味わっています。死んでお詫びするしかないのです。ふたりが無事にあの世に旅立ったあと、ふたりの居場所をお教えいたします」

「詮方《せんかた》なし」

金四郎は呻くように言った。

「ふたりが旅立つのはいつだ？」

「明日でございます」

「明日……」

もう時間はなかった。

「そなたは立ち合わぬのか」

「ここでその瞬間を迎えます」

「その瞬間？」

「明日の夕七つ（午後四時）の鐘が鳴り終えたときに決行することになっております」

「七つか。そう約束したのか」

金四郎は憤然と呟く。

政次郎は何があっても口を割るまい。もはや、万策つきた。金四郎は何も出来ない自分を責めた。

六

翌日、朝から金四郎は当番方の与力・同心を各地に走らせ、勘平とおしんの行方を探させた。特に、おしんの実家のある巣鴨村周辺にひとを多く投入した。

さらに火消人足改の与力には各地の火消しの手を借りて、探索を手伝わせた。だが、どこからもふたりを見つけたという知らせはないまま昼になった。

金四郎は用部屋の濡れ縁に出て北風を受けながら探索からの知らせを待ちわびた。

昼過ぎに、駒之助が駆けつけてきた。

「お奉行。ただいま、医者良元の妻女が至急会いたいと来ています。ただならぬ様子に客間に通しました」

「良元の妻女？」

金四郎の全身を何かが走り抜けた。

「よし、すぐ行く」

「はっ」

金四郎は客間に向かった。

良元の妻女が蒼白な顔で待っていた。その顔を見た瞬間、金四郎はすべてを悟った。

「お奉行さま」

妻女は嗚咽《おえつ》を漏らした。

「さあ、聞こう。落ち着いて話すのだ」

金四郎は静かに言う。

「私です。私が火を付けたのです」

やはり、その告白だった。だが、嘘《うそ》を言っているのかもしれず、金四郎は気づかれぬように深呼吸をし、

「詳しく話してもらおう」

と、静かに促した。

「はい」

妻女は頷き、

「亭主の良元は私の目の前でも平気で、女中のおしんを口説いていました。おしんが自分の思い通りになったら、私を追い出すかもしれない。いえ、出て行けと何度も言われたことがあります。そんなある日、おしんが勘平とだいそれたことを相談しているのを耳にしました。家に火を付け、うちのひとを焼死させるという相談でした。でも、いつ決行かまでは聞けませんでした」

妻女が嗚咽混じりに話す。

「それからは毎日、おしんの動きに注意をしていました。それが今月の九日の夜、おしんが珍しくいやがらずにうちのひとの酒の相手をしていました。私は酔い潰すつもりなのだとわかりました。そして、いよいよ決行だと思ったのです」

妻女は息継ぎをし、

「私も、この機にうちのひとには死んでもらおうと思いました。だから、勘平が火を付けてくれるのを待ち望みながら寝床で待ちました。そして、夜明け前の暗い時間に、おしんが起きあがった気配を察し、私も起き出しました。そとは激しい風が吹いていました。こんな日に火が付いたらたいへんなことになると思いながら、今か今かと火の手が上がるのを待ちました。そして、屋根に何か当たったような音が聞こえたんです。火の玉が飛んできたのだと思いました。でも、火の手が上がりません。何か手違いがあったのではと庭に出てみました。そしたらで布でくるんだものが落ちていました。煙硝の匂いがしました。でも、火は付いていません。うまく火が付かなかったのだと思い、私はとっさに手を貸す気になって家から火種を持ってきて布に……」

「なぜ、今になって話す気になったのだ？」

「勘平が付け火を中止したことを知らなかったのです。私も火を付けましたが、勘平も火を付けたとばかり思っていました。それに、おしんが私の身代わりにされてしまう。そのためにふたりが心中する。お奉行さまからそのことをお聞きし、苦しみました。もうこれ以上耐えきれませんでした」

「今の話、間違いないな」

「間違いありません。どうか、おしんを助けてやってください」

「よく話してくれた。あとは他の者が代わって話を聞く。よいな」

「はい」

金四郎は立ち上がり、

「駒之助、馬を用意せよ。そなたもついて参れ」

と、あわただしく命じた。

「はっ」

駒之助も馬の手配に向かった。

馬乗袴《うまのりばかま》に羽織、陣笠をかぶって庭に出た。

口取りにもたれた馬に、金四郎は騎乗する。鐙《あぶみ》に足をかけ、手綱を掴む。

「口取り無用」

金四郎が叫ぶと、口取りの者がさっと横にどいた。

「頼んだぞ」

金四郎は馬の首をなでる。金四郎の気概が通じたように馬は前足を高く上げ嘶《いなな》いた。

「駒之助、ついて参れ」

「はっ」

非番でいつも閉まっている門が開いた。

金四郎は馬を走らせ、表門を出た。

呉服橋御門を出て、馬の速度を上げた。道行くひとが振り返った。

七つ（午後四時）まであと半刻（一時間）余り。人通りの多い大通りは疾走することは難しかったが、神田須田町を抜けてから八辻《やつじ》ヶ原《がはら》を経て柳原通りを走り、新シ橋を渡って三味線堀まで疾走した。

榊原亀之助の屋敷の前で馬からおり、駒之助に預け、金四郎は仁斎の家に向かった。

戸を開け、

「政次郎」

と、怒鳴る。

異変を察したかのように政次郎が飛び出してきた。

「これは遠山さま」

「良元の妻女が付け火を自白した。おしんはやっていない」

「まさか」

「そなたはおしんに確かめたのか」

「いえ、てっきりおしんが火を付けたのだと」

「おしんは勘平がやったと思っているのだ」

「じゃあ、ふたりは……」

「無実だ。早く、ふたりのところに案内せい」

「遠山さま。もう遅い。七つまで四半刻（三十分）余りしかありません」

政次郎が呻くように叫んだ。

「間に合う。馬だ」

「馬?」

「さあ、行くぞ」

「待ってください。馬はしばらく乗っていません」

「馬乗りだったことを思いだせ。さあ、時間がない」

「はっ」

政次郎はあわててついてきた。

門の外に馬を見て、政次郎の血が騒いだように顔が紅潮してきた。

「さあ、この馬に乗られよ」

駒之助が急《せ》かす。

「では」

政次郎は尻端折《しりはしょ》りをして、鐙に足をかけ、すばやく騎乗した。手綱を摑み、感触を味わっている。

「政次郎、よいか」

すでに馬上のひととなった金四郎が声をかける。

「はっ、行く先は日暮里です。では、お先に」

見事な手綱捌きで、政次郎は稲荷町《いなりちょう》のほうに向かった。

二頭の馬が町中を疾走した。勘平とおしんは七つ（午後四時）に死出の旅に出てしまう。

（死ぬな）

金四郎は心の中で叫びながら馬の鞭を打った。政次郎は馬乗りだったことを髣髴《ほうふつ》させる姿で馬を走らせた。

日が傾いてきた。

（急げ）

稲荷町を突っ切り、寺の立ち並ぶ中を駆け抜けた。右手前方に吉原を見て、浅草田圃《たんぼ》を走り抜け、三ノ輪を過ぎた。

五行松のそばの橋を渡り、音無川沿いを突っ走った。右手には田圃が広がり、かなたに道灌山《どうかんやま》が望めた。

二頭の馬は懸命に走った。

そのとき、寛永寺《かんえいじ》の時の鐘が鳴りはじめた。

「あの雑木林の中の庵《いおり》です」

走りながら、政次郎が叫んだ。川の向こうの、寺が立ち並ぶ奥に雑木林が見えた。

「よし」

金四郎は鞭をいっぱいに入れた。

再び橋を渡り、寺の立ち並ぶ中を突っ走り、雑木林に入った。

木立の中を巧みに走り抜けると、廃屋のような庵が現れた。

「勘平、おしん」

家の前で叫び、金四郎は馬から下りる。馬が高く嘶いた。

戸を開けると、線香の香りが漂っていた。

「勘平、おしん」

もう一度叫びながら、金四郎は部屋に駆け上がった。

奥の部屋の襖を開けると、若い男女が肩を寄せ合っていた。

「勘平におしんか」

「は、はい」

「北町奉行遠山左衛門尉である」

若い男が膝前に匕首を落とした。いきなり、女が畳に突っ伏して泣きだした。

「おしん」

勘平が肩を抱いていたわる。

そこに政次郎が駆け込んできた。

「間に合ったか」

「あっ、政次郎さん。どうして死なせてくれなかったのですか」

勘平が恨めしそうな目を政次郎に向けた。文机《ふづくえ》の上で線香が煙を上げていた。

「ふたりとも、よく聞け」

金四郎は片膝をついて、ふたりの顔を交互に見た。

「まず、勘平。火は誰が付けたと思っているのだ」

「…………」

「どうした？」

「それは……」

「おしんはどうだ？　火は誰が付けたのだ？」

「私が付けたも同然です。私を助けるためだったんです。私を助けるために勘平さんが……」

「おしんは勘平が火を付けたと思っていたのだな」

「はい」

「おしん。どういうことだ？」

勘平がびっくりしたようにきいた。

「おまえが付けたのではないのか」

「えっ。どうしてそんなことをきくのですか」

おしんは不思議そうに勘平の顔を見た。

「おしん。勘平は政次郎に止められて付け火を取りやめたのだ」

金四郎は口をはさんだ。

「えっ？」

おしんはのけ反らんばかりに驚いた。

「おしん。良元の妻女が付け火を打ち明けた」

「おかみさんが……」

「ふたりとも、詳しい話を聞きたい。明日、北町奉行所に出頭するよう申しつける。政次郎も同道すべし」

金四郎は立ち上がって言った。

「はっ」

政次郎は低頭してから、

「遠山さま、ありがとうございました」

と、改めて深々と頭を下げた。


十二月に入って数日経った。

今月は北町奉行所が月番で、きょうも金四郎は呉服橋御門内の奉行所から駕籠《かご》で朝四つ（午前十時）の御太鼓の前に登城した。

付け火と押込みの件は無事に解決を見た。三次と猪狩源三は罪を認め、三次は勘平に付け火を唆したことを認めた。

火盗改に捕まった基吉はすでに解き放たれていたが、無辜《むこ》の人間を拷問にかけたことは改めて問題になるところだ。

大手御門を入り、下乗橋《げじょうばし》で駕籠から下りる。中の御門を経て、中雀門《ちゅうじゃくもん》から千鳥破《ちどりは》風《ふ》の屋根の本丸大玄関に向かった。

勘平とおしんはおかみのご慈悲により、罪に問われることなく、所帯を持って長屋暮らしをはじめたと、政次郎から聞いた。その政次郎も仁斎のもとで学問を続けるという。

金四郎は一件の落着に安堵する余裕はなかった。

本丸大玄関に入り、式台を上がったとき、金四郎の身内に過度な緊張が走った。

芝居、寄席の撤廃、株仲間の解散などについては今月で結論を出す。中でももっとも大きな問題は矢部定謙の不正事件に絡む詮議《せんぎ》だ。

二間半の廊下を奥に向かう。各部屋を過ぎ、将軍の公邸である中奥の手前に老中御用部屋が見えた。

いよいよ、忠邦との対決が迫っていた。金四郎は大きく深呼吸をして、控えの中之間に入って、老中水野越前守忠邦の呼び出しを待った。

この作品は書き下ろしです。

幻冬舎時代小説文庫

●好評既刊
遠山金四郎が斬る
小杉健治

悪事が横行する天保の世。江戸の町に蔓延る悪を、天下の名奉行が今日も裁く。北町奉行遠山景元、通称金四郎の人情裁きが冴え渡る!! 著者渾身の新シリーズ第一弾。

●好評既刊
仇討ち東海道(一)
お情け戸塚宿
小杉健治

父の無念を晴らす為に、江戸へと向かった矢萩夏之介と従者の小弥太。しかし仇は、江戸を出奔し東海道を渡っていた。ふたりは無事に本懐を遂げることが出来るのか!? 新シリーズ第一弾。

●好評既刊
仇討ち東海道(二)
足留め箱根宿
小杉健治

父の無念を晴らす為に、東海道を急ぎ進む矢萩夏之介と従者の小弥太は峻険な箱根の山でおさんという素性の分からぬ女を助ける。しかもこの女、脛に疵持つ身のようで——。シリーズ第二弾。

●好評既刊
仇討ち東海道(三)
振り出し三島宿
小杉健治

箱根宿で思わぬ足留めをくらった夏之介と従者の小弥太。一つ先の三島宿に逗留しているらしい仇の軍兵衛は宿場で起きた殺しの疑いをかけられて——。逼迫のシリーズ第三弾。

●好評既刊
仇討ち東海道(四)
幕切れ丸子宿
小杉健治

ついに父の仇である軍兵衛の居場所を突き止めた。しかし決闘を前にして、夏之介の心は揺らぎ始める——。果たすべきは仇討ちか、守るべきは武士としての矜持か? シリーズ最終巻。

遠山《とおやま》金四郎《きんしろう》が奔《はし》る

小杉健治《こすぎけんじ》

平成29年12月10日　初版発行

発行人――石原正康
編集人――袖山満一子
発行所――株式会社幻冬舎
〒151-0051東京都渋谷区千駄ヶ谷4-9-7
電話　03(5411)6222(営業)
03(5411)6211(編集)
振替00120-8-767643
印刷・製本―株式会社 光邦
装丁者――高橋雅之

幻冬舎時代小説文庫

ISBN978-4-344-42684-9　C0193　こ-38-6